NDRÍA

TEBAS ●

Catarata I

PANCRISIA

Catarata II ●

Catarata IV

tarata III

Catarata V

Catarata VI ● MEROE

La gran
bifurcación

Mare rubrum

El gran
pantano

Montañas
de la Luna

Antica Madre

VALERIO MASSIMO MANFREDI

Antica Madre

Traducción de
José Ramón Monreal

Grijalbo

Papel certificado por el Forest Stewardship Council®

Título original: *Antica Madre*
Primera edición: octubre de 2020

Printed in Spain – Impreso en España

ISBN: 978-84-253-5856-2
Depósito legal: B-11.576-2020

Compuesto en La Nueva Edimac, S. L.

Impreso en Liberdúplex
Sant Llorenç d'Hortons
(Barcelona)

GR 5 8 5 6 2

Penguin
Random House
Grupo Editorial

A Christine,
que me ha apoyado y alentado
en la redacción de esta obra

Ahí, me dijeron, vimos dos peñascos, de los que caía un río inmenso.

Que estas sean las fuentes o un afluente del Nilo [...]

SÉNECA,
Naturales Quaestiones, VI, 8, 1
(Del testimonio de un
centurión romano a Séneca.)

1

Avanzaba por la estepa numídica una caravana escoltada por veinte soldados a caballo pertrechados con equipo ligero y otros tantos legionarios que, desde hacía dos semanas al menos, habían obtenido por parte del centurión Rufio Fabro permiso para despojarse de la armadura y dejarla en el carro. Bajo el sol, las lorigas de acero se ponían al rojo vivo, y era imposible soportar el peso y la temperatura.

El centurión de primera línea Furio Voreno podía ver a lo lejos la mole inmensa de un elefante, un grupo de cebras, antílopes de largos cuernos y, aparte, un grupo de leones de pelaje amarillo rojizo a cuyo frente estaba un macho de tupida melena. Detrás del centurión caminaba el pintor de paisajes, que se preparaba para retratar el territorio agreste de Numidia.

La caravana estaba compuesta por una decena de carros que transportaban animales salvajes destinados a las *venationes* en la arena de Roma: leones, leopardos, simios y un gigantesco búfalo negro que ya había sacudido violentamente los barrotes de su jaula en el carro haciéndola pedazos. Cada vez que resoplaba levantaba una nube de polvo y de paja machacada. Parecía un ser mitológico como el toro de Creta.

Caía la tarde y las sombras se alargaban. La brisa traía de las montañas la infinidad de perfumes del lejano Atlas y los carros estaban colocados en círculo en torno al campamento provisional, al raso, mientras los sirvientes indígenas preparaban el fuego para asar las piezas de caza que habían abatido durante el día. Se habían dispuesto tres cuerpos de guardia fuera del círculo en la oscuridad porque la zona estaba infestada de depredadores gétulos y garamantes. El centurión Furio Voreno, veterano de muchas batallas en Germania, sobrino del famoso centurión Voreno que se había cubierto de gloria bajo el mando de Julio César en la Galia, daba las órdenes para los turnos de guardia y supervisaba la construcción del recinto para los caballos. En uno de los carros había un gigantesco león de negra melena, capturado hacía poco y que nunca había sufrido cautividad; recorría, adelante y atrás, su espacio angosto rugiendo rabiosamente y se arrojaba contra los barrotes de la jaula haciendo temblar el carro entero.

Los caballos, que no solo oían los rugidos de la fiera sino que percibían el intenso olor selvático, se encabritaban y buscaban sin cesar una abertura para huir, aterrados, como si el león estuviese libre y pudiera descuartizarlos de un momento a otro. Se reforzaron las estacas del recinto y se amarraron los caballos con cuerdas a la empalizada.

En el interior del círculo de los carros, aparte de aquellos militares había varias tiendas de campaña privadas donde se alojaban un gladiador llamado Bastarna, durante años ídolo de las multitudes en Roma y ahora retirado para siempre de los combates de la arena; dos reciarios,

Triton y Pistrix, así como el lanista Córsico con sus ayudantes, que organizaban no solo los *ludi* gladiatorios sino también las *venationes* con los animales salvajes.

En el último de los carros había otra criatura salvaje, espléndida y oscura en su cuerpo reluciente, casi desnuda; solo un taparrabos le cubría la ingle. Cuando uno de los guardianes se acercaba a su jaula y alzaba la lucerna para comprobar si se había acabado la comida, sus ojos, de un increíble color verde, brillaban en las tinieblas, y mostraba los dientes, semejantes a perlas, frunciendo los labios como lo haría una pantera.

En mitad del primer turno de guardia Voreno se levantó y dio una vuelta de inspección por el exterior para asegurarse de que los centinelas estaban bien despiertos. A dos tercios del redondel de los carros encontró a Fabro, que hacía otro tanto.

—¿Todo bien? —le preguntó.

—Sí, todo en orden.

—¿Te apetece un vaso de vino antes de ir a dormir?

—Por supuesto. Y así nos calentamos un poco también cerca del fuego. Esta noche hace frío.

Voreno destapó la cantimplora de madera y sacó de la bolsa dos tazas del mismo material. Acto seguido vertió en ellas el vino que quedaba en partes iguales.

—Nunca he visto una criatura como esa. ¿Y tú? —dijo Fabro, y señaló el último carro.

—Yo tampoco —respondió Voreno—. He pasado la mayor parte de mi servicio en Germania… ¿Sabes? También yo pensaba en ella. Estamos aquí, cerca del fuego, tomando un buen vaso de vino. Y ella está allí —dijo mostrando con el dedo—, desnuda en medio del frío cortante.

—Sabrá apañárselas. Es como una fiera… —replicó Fabro—. La he visto mirar fijamente a los ojos al leopardo que está en la jaula próxima, un buen rato, como si se intercambiaran pensamientos.

—Pero no tiene con qué protegerse. ¿Ha comido?

Fabro negó con la cabeza.

—¿Bebido?

Fabro indicó de nuevo que no.

Voreno lo miró a los ojos.

—Te considero personalmente responsable de lo que pueda pasarle. ¿Tienes idea de cuánto vale?

—Los sirvientes no se atreven a acercarse a su jaula: temen que sea un espíritu maligno —respondió Fabro.

—Entonces, despierta al cocinero. Lo conozco, no teme a nada ni a nadie. Dile que le lleve algo que haya sobrado de la cena y agua filtrada. Enseguida.

Fabro obedeció, y los tres se acercaron al carro de la pantera negra. El cocinero sabía ya qué hacer. La observó con atención. Estaba acurrucada sobre una estera de mimbre. Adormecida, quizá extenuada por la inanición.

Se acercó al carro y alargó hacia el interior un cuenco con carne de cebra. No había retirado aún la mano cuando la criatura salvaje se abalanzó hacia él, le aferró la muñeca y lo arrastró consigo con tal violencia que le estrelló la cara contra los barrotes de la jaula. El cocinero emitió tal grito de dolor que despertó a no pocos de los legionarios y al gladiador Bastarna, quien acudió con la espada desenvainada. Voreno lo detuvo con la mirada y con la voz:

—¡Aparta esa espada! —exigió. Acto seguido, al ver que casi todos los legionarios se habían agolpado en torno al carro armados y preparados para el combate, añadió—: ¡Vosotros volved a las tiendas, no ha sucedido nada! —Y agregó mirando a su alrededor—: ¿Quince legionarios cubiertos de hierro por una sola muchacha desarmada? ¿Acaso nos hemos vuelto locos?

Todos se fueron, y Voreno, que se había quedado solo, tomó la cantimplora del agua en una mano y en la otra un bastón resinoso, que prendió con el fuego de la lucerna. Lentamente, paso a paso, se acercó al carro y a la jaula. También lo hizo la muchacha, casi arrastrándose por la base del carro. Miraba el cuenco con agua. Debía de estar muerta de sed.

Voreno se aproximó de nuevo y se situó a menos de un paso de la jaula. La muchacha lo miró con ojos ardientes: lo desafiaba. Voreno aceptó el desafío y, alargando el brazo, le pasó el cuenco por entre dos barrotes. Tenía la sensación de que estaba a punto de atacarlo y de que podría arrancarle la mano a mordiscos.

Voreno no la retiró, pero pasó con la otra el fuego por debajo de la base del carro. ¡Agua o fuego! Ella comprendió. Él dejó el cuenco sobre la estera. La muchacha extendió los brazos pegados al cuerpo y se arrastró hasta el cuenco. Bebió ávidamente.

Voreno apartó el tizón de debajo de la jaula. La muchacha alzó la cabeza. Él vertió más agua. Ella bebió de nuevo. A la luz de la lucerna Voreno vio algo que brillaba en su pecho. Una gargantilla de cobre con extraños caracteres grabados, incomprensibles, y una figura que representaba una especie de tosco paisaje recorrido por una línea serpenteante como un sendero o una calle.

Luego la muchacha comió, arrancando la carne cruda con los dientes.

Voreno volvió a su tienda, pero sentía la mirada de la joven en su espalda.

Se acurrucó en su yacija y trató de conciliar el sueño, pero en el campamento había movimiento y cierto rumor. Lo sucedido había trastornado a muchos.

A escasa distancia, Córsico, el lanista, hablaba en voz baja con Bastarna:

—¿Has visto qué fuerza, qué velocidad? Es rápida como el rayo.

El gladiador se encogió de hombros.

—Es solo una bestia asustada. ¿Dónde la habéis encontrado?

—Nos la ha traído una tribu del bosque tal como la has visto, sujeta a viva fuerza por cuatro hombres, y les hemos pagado con polvo de oro. Ninguno de ellos hablaba nuestra lengua, pero uno de nuestros intérpretes ha conseguido intercambiar algunas palabras con los cazadores: nadie sabía de dónde venía.

—Tiene los andares de una pantera. ¿Has visto lo que le ha hecho al cocinero?

—Lo he visto. Pero el cocinero no es un gladiador. En cualquier caso, Voreno la ha domado.

—Por ahora. Es inteligente: ha comprendido que no le conviene resistirse.

—Está a punto de salir un mensaje para el emperador —dijo Córsico—. He ordenado a mi liberto, el que dibuja los paisajes, que haga un retrato de ella para mandarlo a Roma.

Bastarna negó con la cabeza.

—¿Cómo se te ha ocurrido hacer una cosa así?

—¡A ti te lo voy a decir! —exclamó Córsico—. Vamos a dormir. No falta mucho para que amanezca.

Pero en aquel momento Bastarna alzó la mano para pedir silencio.

—¿Qué pasa? —preguntó Córsico.

—Un ruido… cadencioso.

Se vio entonces una forma oscura: Rufio Fabro subía con el segundo turno de guardia.

Apareció también el cocinero, que se dirigió a Fabro:

—No encuentro mi espada.

—¿Qué? —dijo Bastarna.

—Mi espada —respondió el cocinero—. No la encuentro.

—¡Idiota! —lo insultó Bastarna, y desenvainó la suya—. El ruido viene de allí —añadió indicando el último carro.

—Ya no —dijo Fabro.

—¿Qué ocurre? —preguntó Voreno, a quien las voces excitadas de sus hombres habían despertado.

—Este idiota, que ha dejado que la chica negra le desenvainara la espada… Ha cortado las cuerdas…

—… y se ha escapado —concluyó Córsico.

Voreno soltó un juramento.

—Los jinetes con las antorchas. ¡Rápido, maldita sea! ¡En abanico! No puede escapar. Aquí es todo terreno abierto.

—¡Y los dos reciarios! —gritó Bastarna.

En pocos instantes diez jinetes y dos reciarios a caballo dispuestos en abanico, a una distancia de unos doscientos pies el uno del otro y con las antorchas encendidas, se lanzaron hacia la llanura prendiendo fuego a los rastrojos a su paso. Las llamas surgieron enseguida del suelo y se difundieron por una vasta extensión; un semicírculo de fuego que expandía una aureola escarlata parecida al reverbero del sol en el ocaso.

—¡Hela aquí! —gritó Voreno—. ¡Cerrad el círculo!

Los jinetes obedecieron al centurión y se juntaron para cerrar el círculo. La muchacha estaba acorralada, con el fuego a su espalda y los jinetes frente a ella.

—¡Que nadie le toque un solo pelo! —gritó Córsico—. Ha de estar íntegra. Vale su peso en oro, y dentro de un mes el emperador en persona tendrá su imagen en la mano. Debemos avanzar muy despacio hasta encerrarla en el círculo.

La muchacha comprendió lo que estaba sucediendo y se volvió hacia el fuego. No tenía elección, y echó a correr velocísima hacia la barrera de llamas.

Bastarna se acercó a Córsico.

—Ya me encargo yo —dijo al tiempo que hacía señas a los otros para que no se movieran—. Está tratando de atravesar el muro de llamas...

Córsico la miraba atónito.

—Increíble. Prefiere morir en el fuego que ser apresada.

—Rodearé las llamas y la esperaré del otro lado —dijo Bastarna.

—Si es que consigue pasar —respondió Rufio Fabro.

Pero Bastarna había lanzado ya su caballo al galope.

Superado el arco de fuego, el gladiador se encontró en un espacio abierto y, aunque las llamas esparcieron aún un amplio halo de luz, no vio nada y pensó que la muchacha no había conseguido superar el incendio. Atravesó lentamente el espacio quemado que estaba ya casi frío porque la hierba seca no podía alimentar las llamas más que por breve tiempo. Bastarna prendió una antorcha y avanzó al paso en completo silencio; rubio, con la tez clara, su figura se recortaba sobre el fondo negro de la estepa.

La muchacha no había desaparecido. Simplemente, no podía verla en la extensión oscura, y de pronto se la encontró delante como un espectro. Con los brazos abiertos y empuñando la espada, aullante, aterrorizó al caballo, que se encabritó e hizo caer al jinete.

La muchacha negra avanzaba veloz hacia el gladiador derribado haciendo resplandecer la hoja de la espada a la luz rojiza de las llamas. Bastarna estaba seguro de que su adversaria no sabía manejar el arma que empuñaba con la diestra. Pero se equivocaba: la joven asestó el primer golpe buscando el corazón del gladiador. Bastarna, sin embargo, lo esquivó y a su vez lanzó hacia delante su arma. La muchacha dio un salto acrobático, evitando el golpe que la habría traspasado, dio una vuelta completa en el aire y, antes de aterrizar en el otro lado, trató de cortarle la cabeza por detrás a Bastarna. El gladiador, que había intuido el movimiento, se dio la vuelta rápidamente para ofrecer el pecho a su antagonista. Las hojas chocaron con una cascada de chispas azules, y Bastarna fue consciente de la inesperada potencia de su enemiga. Se escurría como una serpiente, se aferraba como una pantera, chillaba como un águila. La naturaleza más cruel y salvaje relampagueaba en sus ojos ardientes. ¿Acaso era una divinidad bárbara de aquellas tierras feroces?

Bastarna oyó el sordo rumor de los cascos de los caballos de sus compañeros y no quiso que viesen un duelo casi a la par entre el gladiador más afamado de Roma y una muchacha salvaje de piel oscura que pesaba menos de la mitad que él. Pensó arrollarla e inmovilizarla con su mole, pero era demasiado rápida. Los jinetes rodearon a ambos contendientes y los dos reciarios lanzaron sus redes. La muchacha, completamente enredada, se vio arrastrada fuera del espacio quemado de la lucha. Luego la transportaron atada al campamento y la encerraron en la jaula que había sobre el último carro del redondel.

Gritó y gruñó como una fiera durante toda la noche. Solo poco antes del amanecer su grito bestial se atenuó, se transformó en un estertor y después en un largo e incesante lamento.

La luna mostró su rostro entre las nubes como llamada por ese gemido solitario en la extensión infinita y oscura de la pradera quemada. La estepa resonó entonces con rugidos y, de vez en cuando, con el llanto desolado de la criatura salvaje.

2

Una mañana, al alba, el pintor de paisajes sorprendió a la muchacha salvaje durmiendo sobre la estera y consiguió retratarla, tumbada, con un carboncillo en una tablilla de madera estucada con albayalde de color marfil. No le resultó fácil, pues tuvo que completar la figura allí donde quedaba interrumpida por los barrotes de la jaula porque no se atrevía a acercarse y meter los ojos entre los barrotes. El pintor quería captar el efecto de la luz matutina en su piel oscura y en los contornos de su cuerpo divino.

Continuó pintando hasta que la luz se intensificó y la muchacha de piel oscura abrió los ojos.

Eran verdes.

¿Cómo era posible? ¿O acaso eran imaginaciones suyas? Reflexionó tratando de explicarse aquel fenómeno y luego comprendió. Aquella soberbia criatura tenía los colores de la naturaleza: ¡el pardo de los troncos de los árboles y el verde de las hojas! Hurgó en la bolsa de sus colores en busca de un verde cobre hasta que lo encontró, y su pintura pareció cobrar nueva vida.

Consiguió crear una obra maestra de la que Voreno

habría deseado tener una copia, pero sabía que no era posible. Córsico tenía órdenes de mandarla a Roma.

Al final el retrato, envuelto en una piel de conejo, se entregó a un correo que partió veloz hacia el septentrión. El resto de la caravana prosiguió su lento viaje, atravesó la cadena montañosa del Atlas y luego descendió a lo largo de los senderos que frecuentaban los pastores de ovejas y de ganado vacuno hasta que avistaron una hermosa ciudad, Cesarea, que se extendía a orillas del mar. Había sido la maravillosa residencia de Juba I de Numidia, quien durante la guerra civil se había aliado con los pompeyanos contra César. Hijo de Hiempsal II y nieto de Gauda, a su vez nieto de Masinisa, Juba, atrincherado en su capital, Zama, seguro de que llevaba las de perder debido a la victoria de César en Tapso y convencido de que para él no habría piedad como él no la había tenido hacia nadie, se preparó para el suicidio.

—No muy lejos —dijo Voreno a Rufio Fabro, y recorrió con la mirada el mar—, en Útica, también Catón, el adalid de la fe republicana, se preparó para quitarse la vida por igual motivo. No quería implorar ni suplicar al vencedor, César, que era también el amante de su hermana Servilia. Invitó a cenar a todos sus amigos y sus hijos tras haber leído el libro de Platón sobre la inmortalidad del alma. Luego buscó su espada, que sus hijos habían escondido presagiando su intención.

Fabro escuchaba, pero parecía más interesado en seguir con la mirada los carros de la caravana, que entre tanto estaban pasando a la otra vertiente de la colina y se dirigían hacia la playa, donde poco después se desplegaron con el propósito de prepararse para el embarque.

—No consiguió dar con ella y exigió a los sirvientes que se la llevaran inmediatamente.

—Conozco esa historia —dijo Fabro—. He visto en Útica la estatua de Catón que lo representa espada en mano. Pero ¿cómo puedes estar seguro de que sea una historia verdadera?

—Porque la supe por un testigo ocular —respondió Voreno—, mi abuelo, que entonces tenía treinta años y me la contó poco antes de morir. Estaba presente. ¿Tú serías capaz de quitarte la vida cuando esta no tuviese sentido para ti?

—Mira hacia allí, al fondo... ¿Ves a ese hombre del caballo bayo? —preguntó Fabro.

—Por supuesto. Es Bastarna, el gladiador.

—¿Y sabes en cuántas ocasiones se ha preparado para el suicidio? Cada vez que entraba en la arena. No es un filósofo estoico, nunca ha llevado la toga ni vestido el laticlave; es un simple combatiente con un nombre bárbaro que sabe que debe morir, antes o después... por nada. Dime qué diferencia hay entre él y Catón.

—Hay una gran diferencia —respondió Voreno—. Cada vez que combate, Bastarna tiene una posibilidad entre dos de sobrevivir. Cuando tuvo la espada en la mano, Catón se aseguró de que la punta no estuviera roma, de que la hoja estuviera perfectamente afilada y, tras enterarse de que César se aproximaba con sus tropas, pensó que solo él y nadie más podía decidir respecto de su vida. Se echó sobre el lecho, se puso la espada debajo del esternón y se la clavó en el cuerpo hasta casi la empuñadura. Cayó sobre el pavimento cubierto de sangre.

»Llamaron a un médico —continuó Voreno— y este le vendó la herida, conteniendo la hemorragia. Catón, que estaba desvanecido, volvió a abrir los ojos y reparó en el vendaje que había detenido la sangría. Se lo arrancó y expiró en pocos instantes. Quiso morir como un hombre libre, como ciudadano romano y miembro del Senado de la *Res publica*.

»La libertad no tiene precio. Los hombres dignos de tal nombre mueren por la libertad, la propia y la ajena. Su ejemplo se recordará durante siglos. Piensa en cómo vivimos hoy: estamos obligados a obedecer los caprichos de un joven déspota que puede hacer cualquier cosa de nuestra vida.

—Ah, a mí no me desagrada tanto, después de todo —dijo Fabro—. Claudio Nerón nos recompensa con muchos regalos, tanto en dinero como en comida.

—Cierto... Como nosotros hacemos con nuestros perros. Los tenemos encadenados, pero les damos las sobras de nuestras comidas.

—Tenemos una casa —prosiguió Fabro—, ropas, armaduras que atraen sobre nosotros la admiración del pueblo cuando desfilamos por las calles de Roma... Una posición respetada. En el campo de batalla hemos forjado amistades y nos hemos ganado condecoraciones por nuestras empresas. No sigas a las facciones políticas, Voreno. No han provocado más que guerras y derramado la sangre de hermanos contra hermanos. Y esta última misión... ¿crees que se la habría encomendado a cualquiera?

—¿Te sientes honrado porque te han enviado a una tierra bárbara y lejana a capturar nobles fieras, majestuosos leones para que sean masacrados, sin sentido ni gloria, en la arena?

—¡No solo por esto!

—¡Ah, la muchacha salvaje...! Ha sido un puro azar.

—No lo creo —replicó Fabro cuando ya el puerto y la ciudad se abrían ante sus ojos—. Para alcanzar las tierras de los etíopes se requieren meses, meses y meses, y muchos que han tratado de atravesar el mar de arena no han regresado nunca. Tal vez se acostumbraron a vivir en lugares muy distintos de los nuestros, o bien murieron. ¿Has oído hablar de la expedición de Publio Petronio a Meroe? ¿Hasta dónde llegaron en realidad?

—Conozco la expedición de Petronio —respondió Voreno—, he oído hablar de ella. Quizá la muchacha salvaje ha tratado de recorrer el mismo camino que hemos recorrido en parte nosotros, pero en sentido contrario. Puede también que ella tenga una meta y nosotros seamos quienes le permitirán recorrer el último trecho surcando el mar.

—¿Te has fijado en esa gargantilla que lleva siempre en el cuello?

—Por supuesto. Y el día de nuestra partida me aseguré de que la llevaba aún en el cuello después de que se liara a golpes con Bastarna. Estoy seguro de que es algo importante.

La nave de reconocimiento que estaba atracando en el puerto de Rusicade se llamaba la *Gavia* y era propiedad del lanista Córsico. La ciudad y su puerto estaban muy bien equipados para el tráfico procedente de tierra adentro: cereales de cultivos muy extendidos y animales salvajes para exportar. Pistrix y Triton, los dos reciarios, se zambulleron en el agua y alcanzaron la nave con pocas pero poderosas brazadas. Luego los izaron a bordo, seguidos por los dos centuriones.

Desde la borda de la *Gavia* la ciudad se dejaba admirar en toda su belleza, y especialmente en el intenso trasiego de mercaderes, descargadores, carros de transporte y tenderetes donde se vendía de todo: vino, aceite, telas, pan recién horneado, fruta y dulces. Entre la extensión de casas con revoque blanco destacaban un teatro con muchas estatuas de bronce que decoraban los arcos, así como un anfiteatro de piedra, símbolo de la gran prosperidad del territorio.

La tripulación de la *Gavia* era bastante numerosa. Consistía en una decena de hombres, la mitad de los cuales etíopes procedentes de lo más profundo del África interior.

Rufio Fabro los observaba mientras realizaban las maniobras a bordo.

—Quién sabe de dónde vienen esos negros y cuántos días de marcha habrán recorrido para llegar hasta el mar.

—Cientos de millas, tal vez hasta miles —respondió Voreno.

—No es posible —dijo Fabro—, África no es tan grande.

—Lo es, te lo aseguro.

—¿Cómo puedes afirmarlo? Son pocos los que han llegado más allá del mar de arena, y aún menos los que han regresado.

—Sé de gente que lo ha hecho.

La *Gavia*, de notable tonelaje, se había proyectado y construido para transportar un tipo de carga y de peso adecuado a sus características. La seguía una oneraria, que era arrastrada al muelle en aquel preciso momento para cargar a bordo las jaulas de los animales. Dos por vez, las barcazas se acercaban a esta última, de la que descendían las sogas y los ganchos que habían de levantar las jaulas con las poleas. Voreno y Fabro subieron por las escalas de cuerda situadas a lo largo de los costados. Mientras trepaba, Voreno oyó unos extraños gemidos entrecortados, como el gorjeo de un ave. Era la muchacha salvaje, que contemplaba el mar y los emitía cada vez que su jaula oscilaba golpeando contra la tablazón de la borda. Estaba asustada. Quizá no había visto nunca el mar. Mientras tanto subían otras cargas: toneletes llenos de agua y de aceite, cajas con vituallas de todo tipo y también animales vivos —corderos, pollos, cabritos— para alimentar a los leones y los leopardos. Incluso una serpiente. Enorme.

Zarparon, empujados afortunadamente por un austro que soplaba del meridión y el occidente, y salieron a mar abierta con las velas desplegadas. Voreno se reunió con el comandante del bajel, un siciliano llamado Trago, probablemente el liberto de un ciudadano romano, hombre experto que conocía la ruta como la palma de su mano.

—El tiempo parece bueno —dijo Voreno—, pero temo que la mar se agite y ocasione daños.

—Pierde cuidado, centurión, tengo gran experiencia en el transporte de animales salvajes… Entre otras cosas, me he percatado de la existencia de una pequeña pantera oscura que parece ser la joya de tu cargamento. No he visto nunca una belleza semejante, lástima que no pueda uno acercarse a ella. Haré que la suban a la cubierta.

—Mejor que no concibas extrañas ideas —replicó Voreno—, te arrepentirías.

—Seguro —respondió el piloto—. Y no concibo extrañas ideas respecto a esa joven pantera. Fíjate, le tiene miedo al mar. Quizá no lo había visto nunca hasta ahora. Cada vez que braman las olas se agarra a los barrotes de la jaula… El viento arrecia.

—Te lo dije —replicó Voreno.

—No temas, conozco bien este mar, y dentro de unos días desembarcaremos en Catania.

—Tu tripulación… ¿De dónde proceden esos etíopes?

—De muy lejos, de más allá de Nubia, de más allá del reino de Meroe, de las tierras de los etíopes de bosque… como ella, quizá. A lo mejor tienen en común algunas palabras.

—¿Y saben comunicarse en latín?

—Alguno de ellos. Podríamos comprender algo.

Ahora las olas crecían, empujadas por el viento. El leopardo gruñía y se abalanzaba contra los barrotes de madera. A veces intercambiaba una mirada con la muchacha salvaje. El león se movía en círculos con breves rugidos sincopados.

Trago mandó izar la jaula de la muchacha hasta la cubierta y ordenó que la liberaran.

—¿Estás loco? Si escapa… —empezó a decir Voreno, pero no continuó. Era evidente que la muchacha no se atrevería a arrojarse al mar; la costa africana estaba ya fuera de la vista y la costa de Sicilia todavía no se veía.

Uno de los etíopes de la tripulación se detuvo para mirar a la muchacha, y enseguida se hizo evidente que clavaba la mirada en la gargantilla que ella llevaba en el cuello. Hizo una seña a sus compañeros, que se colocaron en círculo alrededor. El que parecía el jefe señaló el colgante y todos bajaron la cabeza a la vez. Voreno dio un codazo a Fabro en el costado para llamar de nuevo su atención.

—Están rindiendo honores a la muchacha —le susurró.

—Es probable —respondió Fabro—. Pero mira: dicen algo; hablan entre sí o quizá con ella.

Trago se acercó al etíope que había dirigido la palabra a la muchacha y, en un latín elemental, le formuló una pregunta.

—Barca grande…, agua muy grande… donde... —respondió el etíope.

—No me parece que hayan comprendido gran cosa —se lamentó Fabro.

—Entonces, inténtalo tú —replicó Trago.

En ese instante llegó una ola alta y poderosa.

—¡Apretad los nudos de los cabos! —gritó a la tripulación.

Uno de los marineros corrió hacia la jaula del leopardo, que había visto oscilar, pero no llegó a tiempo: el cabo se tensó por completo con un golpe seco durísimo. La barra a la que estaba asegurado se rompió, el leopardo resbaló hasta la borda sin conseguir aferrarse a las tablas mojadas de la cubierta. El animal acabó en el agua.

Trago gritó a los suyos:

—¡Os despellejaré vivos!

Voreno lo emuló:

—¡La muchacha!

Pero era demasiado tarde. La joven ya se había zambullido y había abrazado al leopardo, que parecía ahogarse. El animal se agarró a ella.

La tripulación, aparte del piloto, se había inclinado sobre la borda, pero todos estaban paralizados por el estupor. Nadie sabía qué hacer.

—¡Pistrix! ¡Triton! —gritó Voreno.

Los dos reciarios comprendieron. No podían capturar en sus redes a la muchacha y a la fiera juntas, pues el leopardo la habría destrozado, aterrorizado como estaba. Pero la muchacha y la fiera no se separaban.

Los dos reciarios hacían girar las redes manteniendo la cuerda enrollada en el brazo, pero el simple hecho de sostenerse en pie era ya una ardua empresa. Una ola muy violenta embistió al leopardo y este desapareció durante unos instantes bajo el agua. También la muchacha se sumergió. Sin embargo, el leopardo emergió hacia popa. Triton lanzó la red, y comenzó a izarla con ayuda de su compañero y dos o tres miembros de la tripulación. La muchacha emergió inmediatamente después, y fue la red de Pistrix la que la capturó. Otros de los etíopes le echaron una mano para izarla a bordo. La tempestad siguió arreciando durante horas y solo cuando oscurecía lograron meter al leopardo en otra jaula.

Por orden de Voreno, la muchacha permaneció en libertad. Le dieron de comer y una manta. Uno de los etíopes trató de intercambiar con ella algunas palabras, pero parecía que la joven dedicase solamente su atención al leopardo, que se lamía el pelo, encrespado por el agua salada. Pidió agua varias veces por la sed intensa que la sal le había provocado.

Al día siguiente aceptó la compañía de Voreno. Había comprendido que tanto ella como el leopardo se habían salvado por su voluntad y que quizá podría ayudarla. Voreno trató de hacerle comprender su lengua, al menos las palabras más elementales. Aprendía deprisa.

Catania la dejó atónita, y Voreno le señaló la mole inmensa de una montaña solitaria cubierta de nieve que dominaba la ciudad. Con la ayuda del etíope, la muchacha intentó comunicarle algo.

—¿Qué ha dicho? —preguntó Voreno.

El etíope le explicó que la muchacha había visto ya montañas semejantes y hasta más altas en su tierra.

También se quedó asombrada al bajar del barco y pisar la ciudad. Voreno pretendía comprarle en ella los vestidos que jamás había llevado y que la librarían de la atención excesiva de los viandantes, así como de las reacciones consiguientes tanto de estos como de Bastarna, que avanzaba a su izquierda. Nunca se había sentido desnuda como en aquel lugar, pero a las vendedoras de telas y túnicas les parecía que uno de aquellos trajes le daría un aspecto extraordinariamente seductor. Hasta la joven, delante de un espejo, asombrada de descubrir en él sus propios rasgos, advirtió que sus formas llamaban la atención mucho más que cuando estaba medio desnuda en el campamento de los soldados y en la nave, y también por las calles de la ciudad, tras el desembarco.

Voreno y Fabro la acompañaron por entre los mercados del puerto para ver a los pescadores que traían del mar peces también muy grandes; algunos, aún vivos, se debatían en los mostradores. Había cientos de personas que hablaban, gritaban tratando de vender su mercancía, no solo pescados, sino también frutas y hierbas de varios tipos. Voreno intentó que la muchacha probase pescado asado, dando ejemplo primero él. Le pareció comprender que la joven no había cocinado nunca, pero con ella no había que fiarse de las primeras impresiones. Pensó que la muchacha nunca había visto el mar, y luego la vio nadar con una potencia y una agilidad increíbles entre los golpes de mar de una tempestad y abrazada a un leopardo.

Volvieron a bordo de la *Gavia* con el bote con el que habían alcanzado tierra firme y uno tras otro treparon por la red que pendía del costado de la nave. La oneraria seguía en conserva.

La noche se iluminó de fuego, y ríos de materia incandescente empezaron a descender por las laderas de la enorme montaña mientras la tierra retumbaba con sordos estruendos.

—Esta montaña es un volcán —dijo Voreno—. Se llama Etna.

La muchacha se agarró a la borda y pareció arrebatada por aquel trueno que erizaba el agua de olitas como temblores, y por aquellas humaredas de fuego que se reflejaban en el mar.

Voreno se le acercó hasta casi rozarle los hombros.

—¿Cuál es tu nombre? ¿Cómo te llamas? —preguntó con voz queda.

La muchacha se dirigió hacia él y murmuró algo. ¿Estaba respondiendo? ¿Le estaba diciendo su nombre?

Habría dado cualquier cosa con tal de comprender ese sonido. Solo consiguió captar la luz de sus ojos verdes gracias a un relámpago que centelleó durante un instante en el horizonte.

3

Córsico, el lanista, compró todo lo que necesitaba a bordo tanto para la tripulación como para los animales a fin de llegar primero al estrecho entre Sicilia e Italia y luego para atravesar el Tirreno. El tiempo se había estabilizado, la mar estaba en calma y un viento de tierra empujaba la nave a una velocidad moderada y constante. Al cabo de tres días pasaron relativamente cerca de otro volcán no muy alto que surgía del mar. Voreno, entre tanto, había conseguido entender cuál era el nombre de la criatura salvaje: Varea, que significaba «solitaria».

La muchacha, a su vez, había aprendido algunas palabras y algunas frases en latín. A su derecha veía desfilar la costa de Italia. Por su mirada, era evidente que en toda su vida nunca había visto algo parecido. Atravesaron un golfo en el que se reflejaban un imponente volcán y las casas y los monumentos de una ciudad grande y hermosa. Nápoles. Para la joven era como encontrarse en otro mundo: ciudades grandes y pequeñas, incrustadas entre el mar y las selvas; villas magníficas situadas en paredes escarpadas, con columnatas, graderías, estatuas, estanques inmensos llenos de agua, rosaledas con miles de flores; pinedas de un verde profundo como el mar en las escolleras, florestas de carrascas, arrayanes, cipreses; y perfumes que llegaban hasta ella con una intensidad desconocida, indistinguible en las mezcolanzas de miles de misteriosas esencias. Voreno habría dado cualquier cosa por escrudiñar sus pensamientos: ¿qué eran esas construcciones? ¿Acaso moradas de los dioses? Figuras vestidas de blanco circulaban por los alrededores, apareciendo y desapareciendo en ese ambiente etéreo. ¿Que habían hecho esas figuras para ganarse una estancia semejante?

Y había escaleras talladas en la roca que llevaban hasta las olas, hasta playas de polvo de oro. A la izquierda asomaban del agua grandes peces con la cola horizontal y la boca corta y dentada. Saltaban describiendo un arco sobre el mar para volver a caer entre las olas en medio de una nube de salpicaduras y un centelleo de plata. Los delfines. Acompañaron a la *Gavia* en su travesía hasta casi la entrada del puerto. Aparecieron dos grandes moles que circunscribían una vasta cuenca, una isla artificial y, a la derecha, un faro. Al fondo, en la plaza rectangular, asomaban pórticos con tiendas y bancos repletos de todo tipo de mercancías, de carnes y de pescados. De la amplia explanada llegaban hasta la nave gritos y sonidos irreconocibles que confluían en un concierto de mil voces.

Voreno se dirigió al comandante Trago sin dejar de mirar a la muchacha.

—¿Qué será de ella?

Trago se encogió de hombros.

—Se ha enviado a un mensajero con la imagen que el pintor de paisajes le hizo, ¿no? Tú mismo me lo dijiste. A esta hora alguien muy importante la habrá visto…, alguien frente al cual ni tú ni yo tenemos ningún poder.

—Tengo dinero… ¿No podrías irte lejos cuando estemos en el puerto de Roma?

—Ni pensarlo. Córsico me despellejaría vivo. El pintor de paisajes debe de haber hecho un trabajo excelente, y seguramente Córsico se ha olido ya el negocio. Sus clientes son muy exigentes. No me extrañaría que el césar en persona se hubiese interesado.

Voreno bajó la cabeza y no volvió a hablar. Se ponía el sol en el mar tiñéndolo de rojo, y Varea, que se había acuclillado junto a la jaula del leopardo, le pasaba unos pedazos de carne. A veces lo acariciaba, y la espléndida fiera parecía disfrutar de aquellas caricias. El piloto viró para no perder de vista la línea de la costa durante la noche. Había decidido no tocar tierra y navegar hasta su destino.

En cuanto se avistó el puerto de Roma la *Gavia* cargó las velas e hizo su entrada en el gran espejo de agua hasta el atraque. El comandante Trago salió a la pasarela, atravesó la explanada y entró en la oficina donde estaba la compañía que importaba los animales salvajes para la arena. Entregó la relación de estos y el escribano la copió línea por línea con el estilo, luego alzó los ojos y los fijó en la cara del comandante con una mirada vagamente inquisitiva.

—¿No falta nada?

—Ha sido un viaje afortunado —respondió Trago—. Ninguna de las fieras ha enfermado, ninguna está muerta. ¡Ni siquiera la serpiente! —añadió con orgullo—. Si quieres pagar el precio estipulado en el contrato…

—No hay prisa —respondió el escribano—. Tengo entendido que había algo más a bordo.

—Es cierto —hubo de admitir el comandante del bajel—. Una cincuentena de almudes de trigo, sesenta ánforas de aceite de las colinas de Leptis...

El escribano negó con la cabeza lentamente.

—No te hagas el listo. ¿Sabes que en mi tierra se dice que los zorros acaban antes o después disecados?

—Pero esa carga no tiene que ver contigo, es un contrato con otros clientes, justo para no viajar con las bodegas vacías.

—Parece que no me he explicado bien: tenéis a bordo una hembra de piel oscura que por lo visto vale alrededor del doble de todo el cargamento.

El comandante comprendió que no había escapatoria y le desagradó no poder hacer un favor al centurión Voreno, una persona excepcional por su valor, coraje y honestidad. Hizo, en cualquier caso, otro intento:

—Esa no es una bestia para la arena, es una muchacha, no forma parte de ningún contrato de compra o de venta y está bajo la protección del centurión Furio Voreno, un conocido oficial de la Trigésima legión y un héroe de guerra.

—No te metas por medio —dijo el escribano—. Esa muchacha morena ha despertado la curiosidad y el deseo de hombres muy poderosos.

—No es posible —replicó el comandante—. Nadie, excepto pocos hombres que conozco uno por uno, la ha visto nunca.

«El pintor de paisajes —pensó acto seguido—. A veces el artificio es más poderoso que la realidad.»

Voreno y Fabro entraron a la vez en ese momento.

Voreno fue el primero en hablar.

—¿Qué pasa aquí? —preguntó.

El escribano experimentó un leve sobresalto. Tenía enfrente a un hombre de hierro que había luchado entre feroces germanos, que había marchado al oriente hasta el Cáucaso y al meridión hasta la primera catarata del Nilo, al occidente hasta las islas Hespérides.

—Quiere incluir también a la muchacha salvaje en la relación de las fieras africanas —respondió el comandante de la *Gavia*.

Entró entonces por el fondo de la oficina el propietario de la compañía, un sirio llamado Aulab, en latín Olabius. Dijo las mismas palabras que Voreno había pronunciado:

—¿Qué pasa aquí? ¿Quiénes son estos?

Voreno respondió presentándose a sí mismo y a sus compañeros de viaje.

—Este piojoso —comenzó Trago señalando al escribano— pretende incluir a una persona que ha viajado con nosotros por África en la lista de las fieras destinadas a la arena.

—Tenemos órdenes precisas —dijo Aulab—. No quiero que me descuarticen por haber desobedecido.

—Tú no has desobedecido a nadie —replicó Voreno—. Ahora comprobamos el cargamento, lo tomas en consigna, firmas y pagas. Si lo deseas, puedes registrar la nave.

Aulab no supo qué decir y los siguió hasta la *Gavia*. Los montacargas se acercaban al costado del navío y los hombres de la tripulación comenzaban a bajar las jaulas con los animales hasta el muelle, donde esperaban carros con reatas de cuatro mulos.

Entre tanto se aproximó un grupo de vigilantes portuarios.

—Ellos se encargarán del registro —dijo Aulab con una risa burlona.

Voreno y los suyos se miraron. Trago hizo una señal a Voreno.

—Tranquilo —le susurró.

—Podrías haberme advertido que me ayudarías —dijo en voz baja Voreno.

—Lo he pensado después de que has bajado a tierra, centurión.

—¿Dónde está Varea?

—En el rasel de proa, debajo de una partida de prendas de fieltro destinada a los campamentos de trincheras de Germania. Le he indicado con una señal que permanezca inmóvil y creo que me ha entendido.

Los vigilantes comenzaron a registrar la nave, algunos en el puente, otros en las cavidades del casco. Dado que tanto el león como el leopardo estaban nerviosos, y quizá también asustados, se abalanzaban hacia los barrotes de la jaula rugiendo y gruñendo. Los vigilantes, para controlar el miedo, habían empuñado los bastones y, a través de los espacios entre barrote y barrote, atormentaban a las dos fieras para hacerlas retroceder. El león se lanzaba contra los barrotes con las patas extendidas hacia delante haciendo crujir la estructura entera. El leopardo parecía enloquecido, emitía gruñidos furiosos y tenía fuego en las pupilas.

Varea lo oyó mientras dos de los vigilantes palpaban con unos palos de madera puntiagudos las prendas de fieltro que la cubrían. Saltó hacia fuera, rompió los palos y estampó a los dos hombres uno contra otro, cabeza contra cabeza, haciendo que se desplomaran en el suelo aturdidos. Apareció en cubierta, se puso de espaldas contra la jaula del leopardo y entabló una lucha con los otros cuatro vigilantes. Pasaba de uno a otro con saltos acrobáticos, arañaba, mordía, los ensordecía con chillidos agudos. Luego se lanzó sobre la cuerda que alzaba las cargas y descendió hasta tierra. Corrió velocísima a través de la plaza y se perdió en el laberinto de calles del barrio del puerto.

Dos de los vigilantes y el escribano interrogaron a fondo al comandante de la nave y a Voreno, que se impuso por su grado y fama de gran combatiente. El centurión comprendió que las autoridades portuarias no sabían nada de cierto, solo habían oído habladurías de bajos fondos, pero no tenía dudas de que, después de lo que había sucedido a bordo de la nave, se propagarían noticias asombrosas sobre la energía misteriosa y extraordinaria de la muchacha salvaje.

Se envió a los otros cuatro a dar caza a la fugitiva.

Se bajaron las jaulas del león y del leopardo hasta el muelle, y allí se quedaron durante toda la noche porque se requerían otros carros que no llegarían hasta el amanecer.

Nadie en la nave consiguió pegar ojo. Se oía el rugido del leopardo al que respondía desde los barrios del puerto una llamada similar.

Varea.

Quizá era un mensaje también para Voreno y para el resto de los hombres de la nave de carga. Varea debía de haberse escondido en alguna parte para evitar que los vigilantes la encontraran. Tal vez estaba asustada y perdida, pensaba Voreno, habituada a una sociedad y unos ambientes completamente distintos de aquellos de la metrópoli del mundo conocido que pronto experimentaría. Era casi seguro que no había visto nunca una ciudad de aquellas dimensiones, un ejército, hombres armados en grupos organizados, como tampoco habría visto jamás naves como aquellas que surcaban durante el día las aguas del gran puerto o un faro como el que se había encendido en el muelle meridional y que ardía durante toda la noche.

Hacia el segundo turno de guardia los cuatro vigilantes que habían salido en pos de Varea y los dos que habían conocido su fuerza volvieron a la sede de la compañía, y las luces en el interior permanecieron encendidas largo rato. Luego todo quedó a oscuras. Entonces Voreno, Fabro y Bastarna se adentraron en el barrio del puerto siguiendo el eco del rugido del leopardo. Pistrix y Triton regresaron a los cuarteles. Su cometido había concluido. Los otros habían pensado en separarse, pero Fabro objetó:

—La muchacha no habrá olvidado que la intención de Bastarna era abatirla.

—Aquí no estamos en África —replicó Bastarna—. Cambiará de idea.

Y se dieron cita al pie del faro pasando primero por las termas.

Los tres se separaron por tres calles distintas, pero ahora el rugido del leopardo se había apagado.

Cada uno de ellos inspeccionó las calles que creía que eran más peligrosas, pero sin resultado. Los primeros en encontrarse fueron Voreno y Fabro, no muy lejos de las termas, y continuaron caminando juntos. De repente la llamada de Bastarna les hizo volverse. El gladiador los llamaba hacia donde estaba él con un gesto de la mano, como si deseara mostrarles algo. Los dos centuriones se apresuraron en su dirección y enseguida se dieron cuenta de lo que Bastarna quería enseñarles: Varea, de espaldas contra la pared, rodeada por un grupo de delincuentes de los que infestaban las calles de las grandes ciudades por la noche, incluida Roma.

—¡Ayudémosla! —dijo Voreno al tiempo que desenvainaba la espada.

—¡No! —respondió Bastarna—. Sabe arreglárselas muy bien sola.

Por las obscenidades que gritaban los asaltantes parecía que estuviese a punto de consumarse una violación en grupo. Pero Varea se movía con la rapidez del rayo, golpeaba con una potencia mortífera usando un gran cuchillo que debía de haber cogido a un delincuente que yacía inmóvil en el suelo en medio de un charco de sangre, y también cuando parecía no tener ya escapatoria se deslizaba entre uno y otro de sus enemigos como una serpiente, reaparecía enseguida detrás de ellos para soltarles unas patadas en la espalda, en las piernas o en los testículos, para acuchillar a quien se volvía para amenazarla con un arma.

En cualquier caso, Fabro, Bastarna y Voreno se acercaron, y al verlos, los pocos que quedaban emprendieron la huida. Varea miró primero con desconfianza a Bastarna, recordando la dureza de su pelea entre las llamas de las fogatas en la árida pradera africana, pero acto seguido comprendió que los tres estaban de su parte.

Se pusieron en camino por la noche. De vez en cuando, Varea remedaba la llamada del leopardo, pero no tenía ya eco.

—Tu amigo ya no está. Se ha ido lejos —dijo Voreno acompañando sus palabras con gestos de las manos.

Una hora después estaban cerca de la puerta oriental de las termas, donde había luces encendidas todavía en una posada, y los tres hombres escoltaron hasta el interior a la joven guerrera. Las noticias relativas a ellos se conocían ya y se habían extendido en desmesura porque las tabernas eran el mejor lugar para la difusión de toda novedad. La muchacha era casi un fenómeno legendario y los tres hombres que la acompañaban lo eran ya de por sí.

Hacer noche en aquel lugar les pareció peligroso, y Bastarna les ofreció la modesta vivienda que utilizaba para sus encuentros privados. Había dos cuartitos, uno de los cuales asignó a Varea, y en el otro se acomodaron Fabro y Bastarna. Voreno se tumbó en un jergón sobre el suelo, que atravesó delante de la puerta de la casa. Cualquiera que intentara entrar tendría que pasar por encima de su cuerpo.

Estaban cansados, pero a Voreno le costó conciliar el sueño. Pensaba en la muchacha sola en la oscuridad, en la aguda sensación de soledad que debía de experimentar. Todo le resultaba ajeno y desconocido, no podía hablar, no entendía lo que le decían; quizá había dejado contra su voluntad su lugar de nacimiento, a las personas que le eran familiares.

Pero el centurión también se hacía mil preguntas más, porque todo lo que se refería a Varea era un misterio: ¿dónde había aprendido a luchar de aquel modo y por qué? ¿Quién la había adiestrado y con qué fin?

¿Por qué los etíopes de la tripulación en la *Gavia* se habían inclinado al verla? ¿Y qué era esa gargantilla que llevaba en el cuello? ¿Había emprendido viaje voluntariamente o se había visto obligada a hacerlo? ¿Cómo habían conseguido capturarla aquellos indígenas de la tribu de la selva?

Pensaba cómo podría ayudarla o protegerla. Pensaba que seguramente el lanista y también Bastarna, el gladiador, le habían echado el ojo y no para hacerle ningún bien. Seguro que tenían en mente las grandes ganancias que podrían sacar de la muchacha. Bastarna podría adiestrarla y enseñarle los secretos de su arte, y Córsico podría organizar sus exhibiciones en la arena, convencido de que el público de los anfiteatros nunca habría visto nada igual. Finalmente, ¿quién había encargado el retrato de la muchacha? ¿Cómo se había enterado de todo lo sucedido en el corazón de África?

Voreno sentía por aquella criatura una especie de amor intenso, un deseo de protección de su soledad. Esperaba que, antes o después, aprendería su lengua, y así conversarían largamente y ella le hablaría de su vida, de su tierra remota, del misterioso lenguaje con el que se comunicaba con los animales y quizá con los pájaros. A través de sus ojos intuía llanuras infinitas y espesas florestas, fieras desconocidas, grupos enormes de antílopes al galope, manadas de elefantes de patas inmensas y montañas que rozaban el cielo y que en invierno se cubrían de nieve. Y su pueblo aún próximo a los dioses.

En un momento dado, en el silencio de la noche, le pareció oírla llorar.

4

El llanto de Varea en la noche impresionó a Furio Voreno en lo más profundo de su ánimo. El hombre que había batido a los hijos de las más feroces tribus germánicas en los campos de batalla del septentrión se emocionó como nunca le había pasado, y no comprendía el porqué. Acudían a su mente las escenas en las que la había visto arrojarse entre las olas furiosas del mar en tempestad para salvar al leopardo, aterrado a merced de los elementos líquidos, y la fiera que se agarraba a sus miembros no para hacerle daño sino porque no podía dominar el terror, y ella que no reaccionaba porque quería salvarlo.

En el silencio de la noche Voreno oía el fragor del oleaje como si estuviera asido a las jarcias de la *Gavia*, pero de repente lo notó atenuarse y desvanecerse, dejando paso a un parloteo quedo proveniente de la habitación contigua: Bastarna y Rufio Fabro confabulaban. Por lo que alcanzaba a entender, el objeto de su conversación era la muchacha salvaje. Voreno se acercó y pegó el oído a la base de la puerta. Bastarna era el más interesado.

—Esa criatura es un prodigio de la naturaleza; no he visto nunca nada parecido —decía—. En la arena haría enloquecer a las multitudes, se convertiría en el ídolo de la urbe entera y cualquier empresario estaría dispuesto a comprarla a peso de oro.

—Es un proyecto imposible —repuso Rufio Fabro—. Para cogerla tuviste que golpearla con gran violencia y fue menester derrotarla, dejarla maltrecha.

—Te equivocas, bastaría poner en su comida o en algunas de sus bebidas un fármaco que la durmiese… Si me ayudas, te haré rico. Y, en cualquier caso, la suerte está echada y no podemos desdecirnos.

Fabro masculló algo que Voreno no entendió, pero había captado lo bastante para darse cuenta de lo que sucedía. Hacia el tercer turno de guardia le pareció oír rumores en la lejanía. Se levantó y se vistió, se ciñó la espada al cinto y salió de la casa de Bastarna pegado a sus muros. Trepó a un pino hasta que pudo dominar con la mirada un trecho de doscientos o trescientos pasos a lo largo de la calle por donde habían llegado.

Era un pelotón de una veintena de legionarios y algunos reciarios con las redes, que logró distinguir a la luz de las antorchas. Desanduvo sus pasos rápidos y silenciosos hasta la casa de Bastarna, entró y se acercó a la puerta de la primera habitación, alzó el pestillo y se aproximó a Varea, quien se puso en pie de un salto apuntándole con el cuchillo en la garganta. Voreno le indicó con un gesto que lo siguiera con calma y en silencio, llevándose el dedo a los labios cerrados. Luego retrocedió hasta el único candil, que le iluminó el rostro. Varea lo reconoció, se calmó y lo siguió.

Desaparecieron en la oscuridad, seguidos por el ruido de los soldados que irrumpían en la casa de Bastarna.

Voreno tenía una casa más que digna allí donde empezaban a elevarse las colinas tusculanas y llegó a ella antes del amanecer, tras haber corrido durante toda la noche junto con Varea. Los sirvientes acudieron a abrir la puerta enseguida con candiles en la mano, sorprendidos de que su amo hubiera llegado a casa a aquella hora. Pero más aún se asombraron cuando apareció Varea. Ninguno de ellos había visto nunca una criatura semejante, y no se atrevían a preguntar quién era y de dónde venía.

Voreno los convocó a su estudio.

—Escuchadme con atención... Que ninguno de vosotros se aventure a contar por ahí lo que ha visto esta noche. Lo venderé a un amo cruel, de los que disfrutan haciendo sufrir a los esclavos. Y sabéis que no bromeo. ¿Habéis entendido?

—Hemos entendido, señor —respondió el hortelano que hacía las veces de aparcero.

—Hemos entendido —lo coreó el cocinero.

Voreno trataba bien a sus sirvientes, convencido de que ninguno de ellos querría correr el riesgo de perder un amo humano y generoso para acabar en las garras de un maníaco. En realidad, el maníaco cruel no existía, pero era un excelente recurso disuasorio para los sirvientes indolentes.

Transcurrió algo más de un mes, durante el cual el centurión se dedicó casi por completo a Varea, enseñándole a hablar en su lengua. Había cumplido su encargo de procurar animales salvajes para las arenas y por el momento no tenía otra cosa que hacer. Tenía casi cincuenta años y raramente hombres de esa edad eran mandados a primera línea; más bien, los empleaban para tareas especiales como la que había llevado a cabo hacía poco.

De modo que Varea se quedó en casa de Voreno durante varios días, tranquila. No temía nada y estaba rodeada de atenciones. Voreno trató de hacerle entender que aquella situación no duraría para siempre, pero mientras hubiera silencio y orden en la casa nadie sospecharía nada.

Y así fue durante un mes más. Varea se sintió en lugar seguro, aunque sin conseguir comprender suficientemente aún lo que Voreno decía e, incapaz de soportar aquella especie de encarcelamiento, empezó a moverse por las cercanías de la casa, curiosa también de explorar un territorio que no había visto nunca. Y así fue como un día, en ausencia de Voreno, alguien advirtió su presencia. Uno de los sirvientes avisó al amo cuando lo vio llegar de vuelta del mercado. Habló con él mientras cogía el caballo por las bridas y lo ayudaba a desmontar.

—Había alguien hoy merodeando por tu propiedad —le dijo el aparcero.

—¿Alguien? —preguntó Voreno, alarmado—. ¿Lo has reconocido? ¿Sabes de quién podía tratarse?

«Seguro que era Fabro», pensó. Mucho había tardado en dar señales de vida tras la conjura fracasada con Bastarna.

—Me ha parecido reconocer a una persona que había visto ya en tu casa y que había hablado contigo.

El sirviente trató de describir al hombre que había visto merodear por los alrededores.

—¿Iba armado? —preguntó Voreno.

—No, o bien si llevaba un arma la mantenía oculta. Diría que tendrá aproximadamente tu edad, ojos claros, pelo corto y entrecano, barba bien cuidada, de complexión robusta pero delgado. Un hombre que debe de haber tenido una vida dura... o trabajado en el campo.

—Entonces, te has acercado a él lo bastante para verle el color de los ojos.

—Me he escondido en el bosquecillo de carrascos que hay detrás del recinto del caballo y él ha pasado cerca de mí.

Fabro tenía los ojos grises y el pelo castaño con mechones más claros. No podía ser él. Pero Voreno no hubo de tratar de adivinar por mucho tiempo, pues unos días después vio un hombre que subía a pie sujetando el caballo por las bridas. Indicó mediante una señal a Varea que se retirase a su dormitorio y fue a su encuentro.

—Subrio Flavo —le dijo a modo de saludo—. ¿Qué te trae hasta mi puerta?

—¿Podemos sentarnos? —preguntó Flavo.

—Por supuesto. ¿Quieres que comamos algo debajo del emparrado? Hace un bonito día, y tengo una gallina cocida y una hogaza recién sacada del horno.

Flavo aceptó de buen grado la invitación. Poco después los dos estaban sentados uno frente al otro a una mesita de tosca encina largamente pulida por muchas manos callosas.

Apenas el cocinero hubo servido la gallina en un plato, con la hogaza recién horneada y un salero, y les hubo llevado dos copas de vino tinto, Flavo fue el primero en tomar la palabra.

—Las fieras que has capturado en África son la comidilla de toda Roma...

—¿También tú? —lo interrumpió Voreno—. Ve al grano, pero antes dime si quieres comer o tratar de negocios.

—Como prefieras —respondió Flavo con una expresión burlona.

—Diría que mejor hablamos mientras comemos —propuso Voreno.

—¿Como viejos soldados?

Voreno asintió.

—Como viejos soldados.

Entre tanto el cocinero trinchaba la gallina cocida y servía la mitad para cada uno en los platos.

Flavo tomó un bocado de carne y comenzó:

—La muchacha salvaje (así la llaman todos, si no he entendido mal) no puede quedarse por más tiempo contigo en esta casa.

Voreno sirvió el vino personalmente, un tinto africano con carácter.

—¿Y por qué no? No forma parte del grupo de animales que el agente del puerto encargó. Más que nada porque no es un animal, sino una persona.

Subrio Flavo había hecho una importante carrera y era un tribuno de la guardia pretoriana, pero, al igual que Voreno, había comenzado prestando servicio en la Trigésima legión en Germania. Eran amigos desde hacía mucho tiempo porque ambos eran oriundos de la Cisalpina.

—Lo sé —respondió—, nadie lo pone en duda, pero circulan sobre ella historias increíbles, sobre su fuerza, su bestial agilidad, y leyendas como la que refiere que salvó a un leopardo de las aguas embravecidas de una tempestad.

—No es una leyenda. Yo la vi —dijo Voreno, e inmediatamente se arrepintió de haber hablado.

—Con mayor razón —respondió Flavo.

—¿Quién la quiere? ¿Un lanista? —preguntó Voreno.

—No. El emperador.

Voreno bajó la cabeza. A aquel joven consentido y corrupto no podía negársele nada.

—Pero no te metas cosas extrañas en la mente. No creo que corra peligro alguno esa muchacha salvaje... Que tendrá un nombre, ¿no?

—Se llama Varea. ¿Y quién te dice que no corra peligro?

—El emperador está demasiado ocupado en guardarse de sus enemigos que conspiran contra él en la sombra.

—¿Enemigos? Qué raro... Desde que el mundo es mundo no ha habido jamás una conjura que luego no se haya descubierto por las revelaciones de cualquier esclavo o liberto.

—Todo tiene un límite. Cuando se rebasan los límites crece el número de quienes prefieren arriesgar la vida que vivir en el terror y en la esclavitud.

Voreno no creía que Flavo formase parte de aquellos hombres que preferían arriesgar la vida por la libertad, pero pensó que quizá podría fiarse de él, aunque no se vieran desde hacía tiempo.

—¿Para qué quiere, entonces, a Varea?

Flavo tomó otra copa de vino que Voreno le sirvió, y respondió:

—Curiosidad, pura curiosidad. No ha visto nunca una criatura semejante, quiere oír su voz, admirar sus facciones, y quiere ver cómo reacciona al contemplar las maravillas de nuestra civilización.

—No me fío —replicó Voreno.

—Yo estaré presente. Formo parte de la guardia del emperador y estoy siempre a su lado. Te conviene fiarte de mí más que de cualquier conocido, y del propio emperador. De ese modo, evitarías también el envío de un grupo armado que se la lleve por la fuerza. A Nerón no le gusta que se desobedezca una orden suya, sobre todo cuando quien desobedece es un militar. Recuerda que es nieto de Germánico.

No había terminado de hablar cuando Varea apareció

vestida con una túnica corta roja, de las que llevaban los legionarios en verano. No parecía incómoda y sujetaba en una mano un rollo de papiro. Los dos amigos se volvieron hacia ella con una expresión de sorpresa.

—¿Sabe leer? —preguntó Flavo.

—No, que yo sepa —respondió Voreno—. Le he enseñado los rudimentos de nuestra lengua y le he hecho hacer algún ejercicio de lectura y de escritura.

—*Scio* —dijo la muchacha de improviso—, sé.

—*Quid scis?* —preguntó Flavo.

—*Quomodo loqui et quomodo legere* —respondió la muchacha.

Voreno estaba admirado. Nunca la había oído hablar en latín con esa desenvoltura.

—Déjame ver qué tienes en la mano —le dijo.

Varea le tendió el rollo, ya desplegado. En la etiqueta constaba el nombre del autor y el título de la obra: Annaei Senecae, *De Nilo*. En efecto, el ilustre estudioso y consejero del emperador estaba ocupándose del gran río africano. Se trataba de unas pruebas con un dibujo que se desarrollaba desde la parte izquierda del rollo de punta a punta, como para representar el curso, o parte del curso, del grande y misterioso río. Varea miró a Voreno con una expresión enigmática, fijamente, pero sin perder de vista a Flavo y el vagar de su mirada sobre ella. Luego, de pronto, como si hubiera notado en el pecho una especie de quemazón, su mano salió disparada para bloquear la de Flavo que se acercaba a la gargantilla que le colgaba del cuello.

Un tribuno militar de Roma no podía dejarse bloquear la muñeca por una muchacha, y Voreno intervino para distender la durísima tensión que se había creado entre los dos antes de que corriese la sangre. Varea aflojó la presión y retrocedió con el rollo.

Sobre la mesa habían quedado las sobras de la comida y Flavo siguió hablando.

—Es fuerte, pero los que vendrán conmigo para aprenderla serán más fuertes, y probablemente tendré la orden de acabar con ella en caso de que oponga resistencia o se muestre agresiva. Trata de hacérselo comprender. Es mejor.

Voreno le dedicó una mirada intensa que expresaba temor, ansiedad, petición de ayuda.

—Ayúdame —dijo, en efecto, casi en un susurro.

—Te estoy ayudando —respondió Flavo, también él en voz baja—. ¿No te das cuenta?

Voreno agachó la cabeza:

—Sí, me doy cuenta. Y te lo agradezco. ¿Así pues...?

—No puedo darte más de dos días. Te mandaré aviso mediante un liberto mío. Su contraseña será: *Veniunt.*

—Fácil —respondió Voreno con una media sonrisa.

Luego se estrecharon la mano y se abrazaron. Flavo montó a caballo y se encaminó por el sendero que descendía hacia el valle para tomar la Tusculana.

Varea, que había desaparecido, reapareció a espaldas de Voreno y señaló con el dedo al jinete que descendía al galope hacia el valle.

—*Quis est ille?* —preguntó.

—*Amicus meus est.*

Y allí terminaba su latín para Varea, el que ella podía entender y pronunciar. Pero debía hacer más, hacerle comprender lo que sucedería, explicarle que no la traicionaría nunca; que, si bien no podía oponerse a una fuerza descomunal, lo tendría siempre a su lado, dondequiera que ella estuviese. Pero ¿cómo expresarse? Los conceptos que quería comunicarle eran demasiado complejos, y las palabras que había conseguido enseñarle demasiado pocas y demasiado simples.

Aquella noche apenas durmió y hasta casi el amanecer no se le ocurrió una solución: ¡el pintor de paisajes! No le resultaría muy difícil descubrir dónde estaba. Con toda probabilidad merodeaba todavía por las cercanías de los muelles y, si era así, el administrador del puerto sabría cómo encontrarlo.

Despertó al hombre que hacía las veces de aparcero en su pequeña finca y le rogó que no perdiera de vista a Varea, que le diera todo cuanto pidiera y que la tratara como a un miembro de la familia, y le aseguró que no tardaría en volver.

El aparcero enganchó el caballo a un carro, y Voreno se marchó de inmediato y alcanzó la orilla del Tíber, donde subió a una barcaza sujetando al caballo por las riendas. Llegó al puerto cuando el sol estaba por encima del horizonte y se dirigió hacia la agencia que importaba los animales salvajes. Aulab estaba ya en el trabajo con el lomo doblado sobre su mesa, ocupado en sus registros.

—¡Mira quién ha entrado! —dijo alzando los ojos de su inventario—. El héroe del Imperio que ha dejado escapar a la muchacha salvaje. ¿Qué te trae por aquí?

—Olvida a la muchacha salvaje. Los dioses sabrán dónde está ahora. Necesito al pintor de paisajes, he de partir de nuevo para una misión. ¿Sabes dónde se encuentra?

—A esta hora suele estar en la duna roja porque desde ese punto dominante pinta el regreso de los pescadores de la pesca nocturna. Con sus cartones se va luego a las villas a ofrecer sus marinas y a los mercados variopintos de los vendedores de telas.

—Te doy las gracias —respondió Voreno, y dejó tintinear sobre la mesa unas monedas que Aulab enseguida se embolsó.

—Siempre disponible, defensor de las interminables fronteras —respondió melifluo Aulab.

Voreno alquiló una barca de pesca e hizo poner proa hacia el mediodía. En menos de una hora divisó la duna roja y al pintor de paisajes. Mandó amarrar la barca y subió a pie la pendiente de la duna. El pintor sonrió al verlo.

—¡Centurión Voreno, qué sorpresa! Pero ¿cómo has hecho para encontrarme?

—Cuando hay necesidad incluso se encuentra agua en el desierto. Y yo tengo necesidad de ti.

El pintor de paisajes volvió a sonreír. Le costaba creer que una persona ilustre como Voreno tuviese aún necesidad de sus servicios y se sintió más halagado todavía cuando oyó lo que quería.

—... No puedo proteger ya a Varea. Dentro de pocos días un grupo de pretorianos se la llevará y la conducirá a la residencia del emperador, que ha oído hablar de sus proezas y quiere verla.

—¡Dichosa de ella! —exclamó el pintor de paisajes—. Si el emperador se enamora de esa muchacha, vivirá como Cleopatra, servida por decenas de esclavas, vestida con trajes de seda, transportada en litera, hospedada en las villas más hermosas del Imperio...

Voreno lo hizo callar.

—Es todo lo contrario de lo que piensas. Se sentirá traicionada por mí, me considerará un enemigo, se encontrará en un ambiente desconocido cuando apenas si se ha habituado a mi casa y a mi presencia. Debo explicarle sin falta lo que sucederá, y solo tú puedes ayudarme. Ven conmigo y se te pagará bien. Tendrás que hacerle comprender con tus dibujos lo que ocurrirá dentro de unos días, y yo acompañaré tus figuras con algunas palabras que ella pueda comprender y con mis gestos. ¿Harás eso por mí?

—Por supuesto, con mucho gusto. ¿Y cuándo?

—Ahora.

—¿Ahora?

—Sí. Volvamos al puerto, donde nos espera mi caballo con el carro, e iremos a mi casa. De camino te lo explicaré todo, paso a paso. Coge tus colores y tus pinceles. Será, en cualquier caso, una obra fácil para ti. Ya pintaste sus rasgos, ¿recuerdas?

—Lo recuerdo muy bien. Pero no será necesaria tanta precisión, bastará con dibujarle una muñequita negra.

—No, cada cuadrito tendrá que ser perfecto y todo personaje reconocible… Pero ahora que lo pienso, no sé cuál es tu nombre siquiera. ¿Cómo te llamas?

El pintor de paisajes sonrió de nuevo.

—No tengo nombre —respondió—. Nunca lo he tenido.

5

Voreno hizo llamar a Varea y la invitó a sentarse enfrente del pintor de paisajes. Por su expresión cabía comprender que lo había reconocido y en sus ojos, por un instante, se encendió la luz de aquel lejano amanecer que fascinó al pintor y dibujó en su cuerpo y en su rostro el leve reflejo dorado de los prados. Mientras tanto el pintor había instalado sobre un soporte una mesa de madera y dejado los pinceles y algunos colores en un pequeño taburete.

Voreno comenzó a hablar despacio, enfatizando cada palabra, de manera que Varea pudiera comprender, al menos parcialmente, lo que quería decir; al mismo tiempo el pintor trazaba con rapidez sus signos, que Voreno trataba de dar a entender a la muchacha.

Un personaje observaba desde detrás de un árbol a una joven de piel oscura en la que Varea se reconoció de inmediato con una sonrisa.

El personaje veía llegar en un carro a dos hombres con los que Voreno y el pintor se identificaron apuntándose con el dedo índice.

El personaje escondido detrás del árbol salía al descubierto y se acercaba a Voreno. Los dos se abrazaban. La muchacha iba vestida con una túnica roja.

Pero todavía no había llegado al punto crítico. Era necesario expresar el futuro, un futuro muy próximo en el que llegarían unos soldados y se la llevarían. ¿Cómo hacerlo? Voreno explicó más de una vez aquel acontecimiento amenazador y el pintor se esforzó por hacerle comprender lo que sucedería. Varea no reaccionó ante aquel relato figurado. ¿Acaso no lo había entendido?

Luego el pintor dibujó una noche con la luna, después un día, una noche de nuevo y otro día, y por último dibujó los soldados que venían a prenderla.

Y a llevársela.

La muchacha miró fijamente a los ojos tanto a Voreno como al pintor, los cuales le indicaron mediante gestos que eran ajenos a aquella traición. Varea pareció comprender por fin. Asintió con las manos y agachó la cabeza. Luego se oyó ruido de cascos de caballos que subían hacia la casa donde ya se había habituado a vivir.

La despertó un perfume que nunca había olido, distinto de los que conocía desde niña, y notó un pesado sopor como de duermevela, pero no abrió los ojos.

Se percató de que dos muchachas la desvestían con delicadeza, pero no se movió. Las dos jóvenes se retiraron hacia la pared del cabecero, y al poco Varea percibió que se acercaban unos pasos ligerísimos y se difundía un perfume distinto, acre y almizcleño al mismo tiempo. Luego la rodilla de un hombre le separó los muslos sin que ella hiciese un solo movimiento, sin que su respiración ni los latidos de su corazón se aceleraran.

Un cuerpo peludo descargó su peso de improviso sobre ella.

Varea se incorporó como una pantera y, con ambas manos, apretó el cuello del hombre que la embestía, dejándolo casi sin aire. No se oyó ningún ruido, ni tos ni chirrido de cama. Las dos muchachas chillaron cuando se dieron cuenta de que el hombre estaba a punto de morir y que aquel hombre no era otro que el emperador. Una red cayó del techo, unos hombres armados irrumpieron con unas lucernas. Varea quedó atrapada en la red. A través de los agujeros, las dos jóvenes le pasaron un paño de tela azul que pudiera ceñirse a la cintura.

El emperador se puso un manto oscuro y, mientras se alejaba sin un murmullo, dijo:

—A la arena contra las fieras. Desarmada.

Voreno supo de lo sucedido en palacio por un hombre de Flavo que acudió a verlo a su casa unos días después. Nerón estaba furioso. Cualquier mujer habría soñado con despertar deseo en el emperador y aquella criatura casi lo había estrangulado. Aquella noche le había hecho suministrar un narcótico para poseerla sin agitación, sin sudor y sin violencia, y no le había producido casi efecto.

Había decidido, por tanto, mandarla inerme a la arena contra las fieras. Voreno, sin embargo, tenía que presentarse en palacio para responder a las preguntas del emperador. El centurión debía de saber más sobre aquella criatura.

Voreno se estremeció al oír aquellas palabras. Conociendo el carácter de Nerón, fue consciente de que Varea había escapado de milagro a la muerte *ipso facto*, pero ahora sería peor.

Al día siguiente, mientras en compañía de Fabro se dirigía a la residencia imperial, trataba de encontrar una vía de escape para la suerte que corría la muchacha negra, y también de obtener una explicación por parte de Fabro.

—Siempre te he considerado un amigo...

—Lo soy.

—Pues nadie lo diría. Escuché lo que decíais tú y Bastarna, que tenía intención de hacer bajar a Varea a la arena y obtener así grandes ganancias. E inmediatamente después llegaron los legionarios...

—No era un plan mío, yo estaba en contra. Fingí primero estar de acuerdo con Bastarna, y luego le dije al centurión que mandaba a los legionarios que la muchacha no estaba ya con nosotros, sino que había desaparecido en plena noche. Exactamente lo contrario de lo que tú crees. Pero, por desgracia —continuó Fabro—, se hace lo que el emperador ha ordenado. Varea es carne para las bestias.

—¿Hay una escapatoria? —preguntó Voreno.

Lo que Fabro le había dicho parecía haberlo convencido, pero el hecho era que durante esos meses no había dado nunca noticias suyas, y la coincidencia entre su conversación con Bastarna y la llegada de los legionarios le dejaban no pocas dudas.

—Me temo que no. Desafiar a Nerón significa morir, y no de la mejor manera. Nuestro joven señor no se desdice nunca de sus palabras. En cuanto a esto es firme. Pero quizá hay una esperanza...

—¿Cuál?

—Si entra en la arena desarmada puede sobrevivir durante algún tiempo, pues sabe cómo comportarse con los animales, quizá es cierto que consigue comunicarse con ellos… Aguantará menos de una hora, en cualquier caso. Su aspecto, su olor, su manera de moverse, pero también los gritos de la multitud pueden excitar a los leones. Si, además, uno de ellos la araña, el olor a sangre desencadenará la violencia.

—Continúa.

—Debes convencer a Nerón de que la confíe a un lanista, a Córsico, por ejemplo, que ha adiestrado a Bastarna desde que este dio sus primeros pasos. Deberás convencerlo de que ver a unas fieras comerse a una muchacha indefensa no es gran cosa. La gente está acostumbrada a algo distinto, aquí se enfrentan los mejores gladiadores del Imperio. ¿Por qué no confiarla a una persona capaz de adiestrarla, de enseñarle los movimientos más eficaces, los golpes más mortíferos? Ya es muy raro ver a mujeres combatir en la arena, ver además una pantera negra como Varea es casi imposible. Imagina su increíble agilidad, su fuerza…

—Comprendo —lo interrumpió Voreno—. Trataré de tener éxito en la empresa, tanto más cuanto que al emperador no lo vuelven loco los juegos de la arena. Pero ¿sabes cuál es mi mayor temor?

—¿Temor un centurión de la Trigésima? No me lo creo.

—Pues, en cambio, así es. ¡Varea pensará que la he traicionado, aunque he hecho de todo para explicarle lo que estaba pasando!

—He visto los dibujos del pintor de paisajes…

Mientras tanto, así conversando, habían llegado a la residencia imperial, donde estaban esperando dos libertos que habían de llevar a Voreno ante el emperador. Los dos centuriones vestían el uniforme de gala de los primipilos con todas sus condecoraciones. Fabro se quedó solo fuera, esperando el regreso de Voreno, y los dos, en el momento de la separación, se intercambiaron una inclinación de la cabeza para desearse buena suerte.

—Está también Séneca —dijo uno de los libertos, y le indicó el camino.

—¿Séneca? ¿El filósofo?

—El mismo que viste y calza: Lucio Anneo Séneca. Hombre sabio como es, no quiere perderse el relato de la captura y la descripción de las tierras en las que esa extraña criatura creció.

Voreno se sintió asaltado por la ansiedad. Su sitio estaba en el campo, con sus marchas y sus batallas, no en el aire denso y pesado de los palacios del poder, y estaba apenado por Varea. ¿Qué había pensado de él cuando se veía arrastrada hacia la ciudad que dominaba el mundo? ¿Se había sentido traicionada? ¿Abandonada? ¿Ofendida? Pronto lo sabría.

Tras recorrer un corredor pavimentado de mármol y de mosaicos que bullía de sirvientes que se dirigían a las estancias de sus ocupaciones se encontraron en el lugar de trabajo de Séneca, que en aquel momento albergaba al emperador.

Uno de los dos libertos acompañó a Voreno hasta el interior y salió enseguida. El centurión se quitó el casco con cresta cruzada y se lo sujetó debajo del brazo izquierdo. A duras penas dominaba el temblor de las manos y de toda su musculatura de duro soldado. Delante de él tenía al gran sabio, el más famoso del mundo, y a su lado estaba el emperador de los romanos: Nerón Claudio César Augusto Germánico. El filósofo llevaba una túnica larga hasta los pies con las mangas cortas que descubrían dos brazos musculosos. Tenía el cuello enervado de tendones y de gruesas venas azuladas. En un rostro áspero y enjuto, dos ojos oscuros y profundos parecían escrutar hasta el interior del ánimo. Sobre las rodillas mantenía recogida la toga que luego se extendía sobre el pavimento.

Nerón era muy parecido a los retratos de sus estatuas y hasta de sus monedas, quizá por los labios carnosos, el peinado que le cubría la mitad de la frente y la barba cerrada y rojiza que enmarcaba el rostro completamente rasurado llegando hasta debajo del mentón. Su mirada era turbia, la piel rosada. Llevaba ropas lujosas que contrastaban con el austero traje senatorial de Séneca. Todo en él era inquietante, también su voz, de la que mucho se hablaba. Era más alta de tono que la de un hombre normal, y hasta chillona cuando parecía que deseaba conversar tranquilamente.

—Háblanos de la joven etíope —dijo Séneca—. No sabemos mucho de ella, aparte de las noticias que han corrido de boca en boca por la ciudad. El césar está ansioso por comprender por qué su encuentro con ella no solo no lo ha satisfecho en absoluto, sino que lo ha contrariado.

Voreno respiró hondo y comenzó a hablar.

—Antes que nada, césar, deseo decirte que también a mí me han llegado noticias que me han causado una profunda amargura. He oído decir que la muchacha, cuyo nombre es Varea, será carnaza para las fieras de la arena, las mismas, tal vez, que mi compañero de armas Fabro y yo capturamos en Numidia.

Nerón asintió con una mueca indescifrable, quizá irónica, quizá sarcástica, y no dijo nada. Séneca hizo una señal a Voreno, como si lo invitara a continuar.

Era evidente que lo que el centurión había dicho hasta

ese momento no le había interesado, por lo que Voreno prosiguió con un argumento que cabía esperar que captara más su atención.

—Durante nuestra misión en Numidia y Mauritania llegó a nuestro conocimiento que por aquellos lugares había una tribu que tenía animales de extraordinaria fuerza y belleza, algunos de ellos adiestrados. Dejamos los leones y los leopardos en custodia de nuestros auxiliares de la zona de Albulae. Tratamos también de capturar otro animal semejante a un leopardo, si bien mucho más esbelto e increíblemente veloz. Fácil de domesticar, se decía, un poco como un perro, pero casi imposible de alcanzar.

Nerón bostezó, lo que significaba que se aburría: era hora de sacar a relucir a la muchacha salvaje.

—Pensamos, por tanto, dirigirnos hacia el mediodía, a través del Atlas, donde vimos paisajes maravillosos, plantas, aves con plumas de espléndidos colores y grandes animales, como un león enorme con la melena negra y osos de pelo raso y grandes patas. Al cabo de unos quince días de marcha vimos ríos que desembocaban en el océano occidental, cuya extensión nadie conoce, y cuando llegamos al límite extremo de las tierras encontramos una tribu de etíopes nunca vistos por nadie en aquellos territorios. Habitaban algunos poblados de madera rodeados por un espeso boscaje y parecieron asustarse cuando aparecimos. Yo había dado orden a mis hombres de ponerse la armadura, porque no pocos de aquellos etíopes eran guerreros armados con escudos hechos con caparazones de tortuga y con lanzas que terminaban con aguijones de pez manta. Venenosos. Uno de ellos, probablemente el jefe, montaba una cebra. Trajeron hacia nosotros a la muchacha sin que nosotros la hubiésemos pedido.

—¿Cómo se explica? —preguntó Séneca, que no había dejado escapar palabra—. ¿Y ella no se resistía? Por lo que parece, es una formidable guerrera…, de hecho, invencible.

—Lo es —respondió Voreno—, pero cuatro hombres la tenían sujeta por las muñecas y por los tobillos con cuerdas de lino.

—¿Por qué? —preguntó de nuevo el filósofo—. ¿Acaso había tratado de escapar?

Nerón estaba ahora muy atento. Él mismo había experimentado la fuerza de esas manos en torno a su cuello, que mostraba aún las señales del apretón.

—Es lo que pensé yo también —prosiguió Voreno—. Supuse que era una esclava que había tratado de huir, pero su porte era demasiado altanero, su persona increíblemente fascinante, y tenía unos ojos verdes nunca vistos en el rostro de un etíope. Solo ciertas marcas en su piel delataban actos de alguna violencia. Pero habría podido producírselas corriendo por el bosque o cazando.

—¿Cómo fue la entrega de la muchacha? —preguntó Séneca.

—El jefe desmontó de la cebra y se dirigió hacia mí. Miraba mi gladio, atraído por la hoja reluciente, y me hizo comprender que si lo añadía al polvo de oro que pedían me entregaría sin más a la muchacha.

Nerón miró a Voreno con una expresión entre curiosa y sorprendida.

—No sabía que un centurión de las legiones podía ceder el gladio a un desconocido. Tengo entendido que es un gesto que se castiga con la máxima severidad.

Voreno palideció.

Séneca intervino.

—César, el centurión tuvo sus razones. Y sin duda entregó un gladio cualquiera, de esos de reserva...

—Sí, uno de esos —confirmó Voreno de inmediato, aprovechando la vía de escape que el filósofo le ofrecía—. Y, de todos modos, la muchacha tenía un valor inestimable. Esa criatura tenía algo indefinible, mágico, y su mirada penetrante era insostenible.

Nerón pareció volver a la realidad, recordando de improviso sus intenciones.

—Es evidente que esa hechicera te ha encantado, pero me ha agredido, a mí que la he acogido en mi morada, y casi me ha estrangulado. Por lo que debe pagar.

Voreno inclinó la cabeza.

—Es muy justo lo que dices, césar: no hay ninguna justificación para semejante comportamiento, más parecido al de una fiera que al de una mujer.

—Y con las fieras deberá enfrentarse.

Voreno intentó el todo por el todo.

—Perdóname, césar, pero ¿no crees que el pueblo estará más contento si asiste a una verdadera lucha y no a la comida de las fieras?

—Ya he tomado una decisión y no pienso cambiar de idea —respondió Nerón con sequedad—. Se hará como he dicho. Durante los próximos juegos en la arena. Dentro de tres días.

Se levantó y se fue.

Séneca quiso acompañar a Voreno hasta la puerta exterior para intercambiar con él aún algunas palabras más.

—Veré si puedo hacer algo, centurión, pero no será fácil. Tiene un pésimo carácter y no está habituado a sufrir afrentas.

—Te lo agradezco, Lucio Anneo. Sé que fuiste tú quien

lo educó y preparó para administrar el poder. Confío en que logres que el emperador se retracte de sus decisiones.

—Haré todo lo que pueda, pero no cuentes con ello... Los tiempos han cambiado.

Voreno se reencontró con Fabro, y juntos recuperaron los caballos y se dirigieron hacia las colinas para llegar a la casa del centurión. Ambos estaban de mal humor. En particular Voreno se hallaba profundamente abatido. No tenía ninguna noticia de Varea y eso lo angustiaba aún más.

Fabro, más optimista, confiaba en que al final Séneca obtendría algo.

—Bastará con poco —decía—. Bastará con que el emperador se convenza de dejarle un arma, el resto vendrá por sí solo. Vimos lo que hizo cuando luchó con Bastarna en Mauritania.

Pasaron así los tres días preestablecidos y se anunció el inicio de los juegos con las fieras. Fabro y Voreno decidieron asistir y mandaron comprar al sirviente de Voreno las teselas de acceso a las graderías inferiores.

El emperador, con su séquito, ocupó la tribuna en el centro del lado largo y se acomodó, en espera de que entrase la muchacha salvaje. Varea apareció al poco por la curva de la izquierda de la tribuna, y la multitud la recibió con ruidoso entusiasmo y con grandes palmadas. Tal era ya la leyenda que la precedía. Los contornos de su cuerpo y de su persona eran como los de una estatua de ébano que hubiera cobrado vida. Pero enseguida se abrió una verja y salieron por ella una leona, dos leopardos y una pantera. Varea estaba casi desnuda y desarmada por completo. Voreno posó sobre ella su mirada inmóvil, manteniendo los puños apretados sobre las rodillas; gruesas gotas de sudor le chorreaban por la frente.

Las fieras comenzaron a avanzar, desplegándose en arco como para rodearla y cerrarle toda vía de fuga. La multitud se había calmado; los gritos eran ahora un rumor difuso. Luego, de repente, la leona apretó el paso. Varea se agazapó con los brazos curvados hacia el frente, como si se preparase para luchar con las manos desnudas. Cuando todo parecía perdido uno de los leopardos se lanzó a la carrera hacia delante cerrando el paso a la leona; se diría que para disputarle la presa. Pero no era esa su intención. En cuanto estuvo delante de Varea se detuvo a su lado, mostró las patas en un gruñido aterrador y se enfrentó a la leona, que trató de alejarlo con un poderoso zarpazo. El leopardo retrocedió y de nuevo hizo frente a la leona, que se retiró unos pasos. Varea no tuvo duda: el leopardo macho al que había salvado la vida en el mar durante la tempestad le mostraba su gratitud. Le pasó la mano por el dorso y lo notó vibrar con su gruñido profundo.

La multitud alcanzó el delirio, todos se pusieron en pie para ver mejor la escena increíble que tenían delante. Las tres fieras no parecían ya interesadas en una presa que daba muestras de tener un poderoso y peligroso defensor.

Varea y el leopardo se dirigieron al centro de la arena y se detuvieron, conformando un fabuloso grupo escultórico que evocaba otro mundo y otras magníficas creaciones plasmadas por las manos de los dioses.

6

Bastarna, a través de unos amigos que habían accedido a los consejeros de más confianza del emperador en materia de organización de los juegos, consiguió hacerles comprender que la muchacha salvaje no debía ser expuesta a las fieras, sino preparada para batirse en la arena con los gladiadores.

Asimismo, consiguió también convencerlos de que un duelo de Varea con los campeones que dominaban la arena tendría un éxito inmenso. Le habría gustado adiestrarla él mismo, pero prefería discutir esa cuestión con Voreno. Nerón había confiado al centurión la custodia de la muchacha. Después de todo, no era tan cruel y brutal como se decía, y el pueblo parecía admirarlo y tal vez incluso quererlo. La memoria de Germánico, su abuelo, estaba aún viva tanto entre la gente como en el ejército.

Varea conocía ya todas las formas de ejercicio físico: la natación, la equitación, la carrera, el salto, el tiro con arco y la lanza, y todo eso era indicativo de su alto linaje, pero batirse con unos gladiadores en la arena era otra cosa.

Voreno asistió a todos los entrenamientos y a los duelos entre Varea y Bastarna. La desproporción entre los dos era enorme: Bastarna pesaba el doble que ella y sus golpes eran pétreos. Varea se batía también contra Pistrix, el reciario, poderoso y ágil. Pistrix sabía manejar la única arma que podía poner en dificultades a Varea: la red. Pero las capacidades de la muchacha eran superiores a cualquier habilidad del adversario. Era capaz de dar saltos acrobáticos, de evitar la red, superándola de un brinco, arrastrándose, corriendo al interior y al exterior. No parecía como los otros seres humanos: su fuerza y su fulminante rapidez en los movimientos le daban la posibilidad de golpear y desaparecer casi al mismo tiempo. En un momento dado Córsico, el lanista, había conseguido negociar con el erario para gobernar el destino de aquel fenómeno de piel oscura que asombraba y enloquecía a las multitudes.

Con el paso del tiempo Varea conquistaba privilegios. Ya no era la etíope salvaje, sino la reina de la arena, cuyas exhibiciones atraían muchos miles de personas. Su comida era excelente, las armas y los trajes que llevaba eran deslumbrantes y se habían hecho para exaltar su cuerpo divino y reluciente. Su alojamiento era austero pero elegante, y siempre le servían el agua fresca y en una copa de plata.

Además, se le permitía dar alojamiento y alimentar a su leopardo. Cada uno de ellos debía la vida al otro. Durante un tiempo Varea trató de mantenerlo lejos de los combatientes, pero al final hubo de ceder, y la muchacha salvaje y el leopardo aparecieron en el centro de la arena, batiéndose ambos contra sus adversarios rivales.

Por suerte, a Nerón no le entusiasmaban los juegos de la arena, por lo que se lo veía pocas veces en la tribuna de autoridades. En ocasiones incluso actuaba como personaje en tragedias para atraer al público o disuadirlo de los

70

combates brutales de gladiadores. Además, Córsico hacía aparecer a Varea raramente para reducir al máximo los posibles daños que pudiera sufrir en los enfrentamientos.

Sin embargo, desde hacía algún tiempo circulaba la voz de que estaba próximo un acontecimiento de extraordinaria importancia y enormemente espectacular, algo que llenaba a Voreno de ansiedad y hasta de temor. No estaba en absoluto habituado a ninguno de ambos sentimientos y por eso lo incomodaban. Se sorprendía a veces pensando que quizá debería despegarse de Varea con una tajante decisión y solicitar al mando de la legión que lo trasladaran al cuerpo del ejército del Norte. Le enojaba mucho sentir su ánimo ocupado por pensamientos más propios de reuniones y recepciones de la buena sociedad de la capital que de los campamentos legionarios en los que se había encontrado siempre a sus anchas.

Añoraba el tiempo en que veía a Varea todos los días, tanto en África como en su casa de la colina. Ahora la veía raramente y los encuentros eran todo menos reservados. El único aspecto positivo de esa situación era que la muchacha ya hablaba latín bastante bien y, de no haber sido por el leve acento extraño que tenía, se la podría tomar por una residente al servicio del séquito de exóticos personajes de la política extranjera.

Una noche invitó a cenar a su amigo Subrio Flavo para tratar de saber más de Varea, y Flavo aceptó de buen grado. En la mesa había el vino de las grandes ocasiones y las carnes soasadas de un par de faisanes que le habían costado una fortuna. Los dos amigos vestían trajes de paisano. La única alusión a su profesión era la armadura de centurión de Voreno colgada de una percha, que reflejaba la última luz del ocaso.

71

—¿No hay noticias para mí? —preguntó en cierto momento Voreno, tras los cumplidos de rigor.

Flavo esbozó una ligera sonrisa al caer en la cuenta de a qué noticias se refería su amigo.

—¿La echas de menos? —le preguntó.

—Algo por el estilo. Me ha hecho una especie de hechizo... —respondió Voreno.

—Se llama amor, amigo mío —dijo Flavo—. Si ella está alegre, tú estás contento; si ella sufre, tú estás mal. Si algo la amenaza, estás temeroso.

—Diría que es exactamente así. Pero en vez de dar vueltas al problema, ¿por qué no vas al grano?

—Me divierte ver a un ogro de la Trigésima legión atrapado en las redes del amor...

—Yo me divierto mucho menos, así que si tienes noticias harás bien en dármelas.

La sonrisa irónica en el rostro de Flavo se desvaneció y apareció una expresión enigmática, entre la preocupación y el afecto.

—En los idus de mayo habrá una lucha en la arena en la que Varea tomará parte también.

Voreno frunció el ceño.

—Pero hay más: esta vez Varea tendrá que enfrentarse a un grupo de poderosos guerreros celtas y germánicos, tatuados y con el rostro surcado de estrías negras, terribles.

—¿Cuántos son?

—Su número es secreto, pero no pueden ser demasiados ni demasiado pocos: dos o tres, o tal vez cuatro, diría yo.

—Saldrá bien parada. Le bastará con abatir a uno, luego todo le resultará más fácil.

—Tal vez —replicó Flavo—. Pero no he terminado: se habla de un guerrero formidable, una especie de Hércules negro. Córsico está ganando grandes sumas y también Bastarna ha sacado provecho.

—¿Un Hércules negro? Pero ¿se ha visto alguna vez en la arena?

—No lo sé. Yo no lo he visto, y los etíopes son muy raros y muy caros. A este lo adiestraron como gladiador al máximo nivel, y luego ha ido pasando de una arena a otra también fuera de Italia: Iberia, la Galia, Asia Menor, Chipre. Es un campeón de fuerza desmesurada. Se llama Memnón, pero quién sabe si ese es su verdadero nombre. Su aspecto es el de una escultura de ébano, si bien los rasgos de su rostro son muy regulares, semejantes, dicen, a los de una estatua griega.

Voreno se quedó muy impresionado por aquella descripción y quiso conocer algún detalle más.

—¿Tú lo has visto? ¿En persona?

—No —respondió Flavo—. Solo una vez de lejos.

—¿No has oído hablar de otras características de ese gladiador negro?

—De sus ojos. Si no ando equivocado, debe de tener los ojos verdes, como un celta o un germano. Pero podría verme influido por los ojos de Varea, que he visto más veces.

A Voreno le vinieron a la mente diversas escenas de su viaje por África y de cuando vio por primera vez a Varea en los límites de la selva. Estaba atada por las muñecas y los tobillos, pero no se resistía, no trataba de liberarse. Las cuerdas estaban tensas a no poder más. Era muy distinta de cuando la había visto pelearse con Bastarna al borde de la tierra quemada.

—¿Sabes?, antes de que llegásemos a Roma nunca hizo serios intentos para escaparse de su jaula en el carro cuando nos deteníamos para la cena y el descanso. ¿Cómo es eso?

—Sí, me lo contaste —dijo Flavo—. Puede que, en realidad, ella quisiera llegar hasta aquí y os utilizara para sus fines.

—También yo lo he pensado más de una vez. Pero ¿por qué? —preguntó Voreno.

—¿El Hércules negro?

Voreno bajó la cabeza. El hecho de que Varea pudiera tener un amor le afectaba profundamente, pero trató de no pensar en ello. Tan solo quería saber si la muchacha podría escapar a un enfrentamiento tan desfavorable.

—Habrá también un león mauritano de crines negras, muy feroz. No será fácil.

—¿No puedes ayudarme?

Flavo le apoyó una mano en un hombro.

—Sobrevaloras mis posibilidades. No soy más que un oficial de la guardia pretoriana. Creo que tendremos que confiar sobre todo en Varea, en su fuerza extraordinaria y en su increíble agilidad. Hasta ahora ha conseguido ingeniárselas en medio de muchos peligros en la arena y en los cuarteles de los gladiadores. Para una mujer sola e indefensa será casi un milagro. Nosotros solamente empeoraríamos la situación. Si sobrevive a ese enfrentamiento, si el emperador aparta de ella su interés y su mirada, si Córsico, el lanista, se contenta con los enormes beneficios que ha obtenido hasta ahora, buscaremos una vía de salida para ella, quizá también para ti, si quieres seguirla o si ella quiere seguirte a ti. Por el momento trata de permanecer tranquilo y procura no pensar en lo que podría suceder. Y recuerda que tienes un amigo. Para lo que necesites.

Y llegó el día del gran combate.

Voreno, como otras veces, se había hecho con un asiento en una de las primeras filas. Era un centurión legionario y por tanto estaba autorizado a llevar un arma, pero esperaba no tener que hacer uso de ella. El emperador había dejado su escuela de canto y las pruebas de su último espectáculo teatral para asistir a la lucha de la muchacha de piel oscura contra los campeones celtas y germánicos y contra otros adversarios muy temibles. Voreno temía que pudiera sucumbir, porque en realidad ninguno de ellos querría ser vencido por una mujer delante de miles de personas, por más fuerte y fulminante que fuese en sus ataques. Pero ¿cómo podría socorrerla si había necesidad de hacerlo?

Córsico había tratado por todos los modos posibles de mantener secreto el momento crucial, para acrecentar la tensión y, con ella, tanto su propia cotización como la de la misteriosa guerrera. Poco antes de que el espectáculo diera comienzo Voreno había recibido, por medio de un enviado de Flavo, un mensaje. Lo abrió.

He conseguido saber qué sucederá después del enfrentamiento de Varea con los guerreros celtas y germánicos. Córsico quiere recrear una escena de tu última expedición para capturar las fieras. Estará el león mauritano, la enorme bestia de mil libras con la melena negra, dentro de una jaula de barrotes de madera situada sobre un carro como los de vuestro convoy. Me temo que Varea no pueda sobrevivir...

Esa especie de animal es indomable y nadie ha conseguido abatir nunca uno en la arena. Su peso es muy superior al de ella. Cuando carga es capaz de arrollar a cualquiera.

Voreno comprendió lo que estaba a punto de suceder y sentía que no podría presenciar como si nada el sacrificio de Varea, quien nunca había hecho daño alguno a nadie salvo para defenderse.

Entraron los primeros dos celtas y un germano, con armaduras de forja romana que simulaban ser los miembros de la expedición. Luego entraron dos carros como los que Voreno y Fabro habían utilizado para el transporte de los animales. En el primero de ellos había una jaula con barrotes de madera en la que estaba encerrado el enorme león mauritano; el segundo transportaba otra jaula parecida, dentro de la cual se hallaba Varea con una armadura y un traje exótico, sin lugar a dudas preparado por los diseñadores del vestuario teatral de Córsico. Entre los guerreros presentes Voreno reconoció, junto a los celtas y al germano, a Bastarna, el campeón ídolo de las multitudes que se consideraba ya al margen de las luchas de gladiadores. Desde las graderías se alzó un clamor.

Bastarna, que a pesar de las horas y horas de entrenamiento con Varea no había olvidado en ningún momento el enfrentamiento que había mantenido con ella en la llanura quemada, fue el primero en acercarse a la jaula. Descorrió el cerrojo, pero antes de que la puerta se abriese la joven saltó velocísima hacia el gladiador y lo derribó golpeándolo en pleno pecho con ambos pies. Acto seguido pasó por encima del primero de los dos guerreros celtas y el germánico y aterrizó delante del otro celta vestido con armadura romana, que cayó de un tajo de espada entre la clavícula y la articulación del brazo. La espada le cayó al suelo, pero el germánico llegó para sostenerlo a fin de que pudiera retirarse del combate. Varea debía defenderse ahora de tres hombres, porque Bastarna había vuelto a levantarse. En la cávea, Voreno apretaba espasmódicamente la empuñadura del gladio y la de un puñal que llevaba colgado del cinto en el costado izquierdo. ¿Cuánto tiempo resistiría aún Varea el asalto de sus adversarios? ¿La llevarían otra vez a su casa de las colinas?

La lucha prosiguió con la joven en el centro y teniendo que defenderse por todas partes. Cuando Bastarna la vio chorrear de sudor ordenó con un gesto a los otros dos que se detuvieran: quería abatir por sí solo a la muchacha salvaje, que se convertiría en la más codiciada de las presas. Voreno conocía la luz fría de sus ojos. Muchas veces en la palestra de adiestramiento, cuando ambos eran más jóvenes, había tenido que enfrentarse a él y probar la fuerza de sus golpes.

Subió la gradería por la parte curva más estrecha y aguardó a que todos mirasen hacia los contendientes. Los golpes de Bastarna eran devastadores, y varias veces dio la impresión de que podían convertirse, de un instante a otro, en letales. Pero también él comenzaba a acusar la fatiga. Su propia mole lo agotaba cada vez más y de cuando en cuando se volvía hacia atrás como para reclamar a los otros dos combatientes, que hasta ese momento habían intervenido solo en las situaciones más críticas.

De nuevo Varea estaba rodeada, y el ataque la extenuaba aún más.

Voreno llegó a la posición deseada. Debía actuar aprovechando que todos los espectadores estaban angustiosamente atentos a la lucha. De repente se abrió un pasillo entre la turba. Primero el puñal de Voreno y al instante su gladio emprendieron el vuelo rotando en el aire hasta que su silbido fue a apagarse en las carnes de Bastarna y en las del celta que quedaba, quien llevaba aún el uniforme de legionario de acuerdo con las exigencias de la escena.

Ahora la lucha era equitativa en cuanto a número, aunque desigual teniendo en cuenta la diferencia de volumen y de musculatura de los dos contendientes. Pero Córsico sabía lo que hacía. Voreno no tuvo tiempo de disfrutar de la precisión de sus lanzamientos cuando otra figura salió de la sombra de los subterráneos, oscura en la oscuridad: el Hércules negro. De nuevo el enfrentamiento era tremendamente desigual.

Durante todo el tiempo de la lucha el león mauritano se había abalanzado sobre las paredes de la jaula y los robustos barrotes de acacia estaban ya desencajándose de su base. El germánico que personificaba un fingido legionario se lanzó contra Varea, quien reaccionó con rapidez. Le bastaba poco para recuperar la respiración, la elasticidad de los miembros, la firmeza de la mirada verde que se clavaba en el cuerpo escultórico del poderoso atleta negro mientras la rapidez fulminante de su brazo golpeaba repetidamente al legionario germánico, haciéndolo caer de rodillas.

Ahora el enfrentamiento era entre las dos espléndidas figuras de piel oscura que relucían al sol. Extrañamente, Varea parecía esperar a pie casi firme al gladiador oscuro armado de casco, coraza y espinilleras, que corría a una velocidad asombrosa. El impacto sería terrible: nadie podría pararlo. Pero ¿por qué no atacaba Varea?

De pronto, el león mauritano se arrojó una vez más contra los barrotes y los derribó. Acto seguido se mostró inseguro durante un instante acerca de si lanzarse o no, pero enseguida se abalanzó sobre el gladiador que volaba, cubierto de acero, hacia la muchacha salvaje. En su pecho ondeaba un medallón de cobre y oro muy parecido al que adornaba el cuello de Varea.

El león se lanzó contra él y lo tumbó, pero, justo antes de que los colmillos de la fiera se hundiesen en su espalda, el Hércules negro reaccionó, ciñó los brazos en torno al cuello del león y lo derribó. Varea intercambió una mirada con el guerrero, y un nombre resonó en su mente: ¡Mamun! El Hércules negro era Mamun.

Sus ojos reflejaban miedo, pero en ellos ardía también la llama de una energía explosiva. Varea comprendía que aquella lucha terrible no podía durar mucho y rugió como una leona. Su gruñido por un momento detuvo al león cuando de nuevo tenía los colmillos en el cuello de Mamun.

Varea emitió un sonido ronco, indefinible. El león abrió de par en par la boca armada de unos dientes terribles y rugió en la cara de Mamun, tendido este en el suelo y jadeando, como para hacerle comprender que la próxima vez no sería tan afortunado.

El alarido del gentío hizo temblar la arena.

7

El alarido del gentío se atenuó porque la escena que contemplaba era poco menos que incomprensible. El león mauritano estalló en un poderoso rugido, y el estruendo de la multitud casi se convirtió en silencio.

Varea parecía guiar los movimientos del gran león con los de sus ojos. Se acercó al guerrero oscuro postrado en el suelo y le puso la mano encima. Él se la cogió y se puso en pie. Los dos jóvenes estaban ahora frente a frente. El público alcanzó el delirio.

Varea miró intensamente al guerrero con sus ojos de pantera y le susurró una breve frase. Mamun respondió con una expresión más intensa aún. El medallón que la muchacha llevaba en el cuello y que a bordo de la *Gavia* había hecho inclinar y doblar las rodillas a la tripulación etíope resplandecía con los últimos rayos del sol. Era parecido al que también él lucía sobre el pecho.

Cuatro ayudantes acompañaron al león a su receptáculo atestado de huesos y de restos de comida. Luego, a medida que la arena se vaciaba, los hombres de Córsico flanquearon al guerrero que había hablado con Varea y lo acompañaron a un carro que lo conduciría a su vivienda en el ángulo meridional del Campo de Marte.

Córsico salió por una de las entradas y recorrió lentamente la arena hasta encontrarse con Varea. Parecía que ella lo esperase. Entre tanto Voreno, que se había quedado solo en las graderías, empezó a descender escalón a escalón hasta alcanzarlos.

—¿Cuál es su destino? —preguntó señalando a la muchacha salvaje.

—El que tú quieras —respondió Córsico.

—¿A qué debo tanta generosidad? —preguntó de nuevo Voreno.

—No lo sé. Pero supongo que es por voluntad del emperador o por sugerencia de Séneca. Ese hombre desabrido con esos ojos de poseso tiene aún bastante poder.

Córsico se alejó caminando a pequeños pasos. Voreno se acercó a Varea.

—No tengo mucho que ofrecerte. La mía, como sabes, es una casa modesta y no puedo permitirme los lujosos agasajos a que estás acostumbrada.

Varea no dijo nada. ¿Acaso temía equivocarse al hablar?

—¿Qué le has preguntado a ese muchacho? —inquirió.

—Cómo se llama.

—He oído que su nombre era Memnón.

—En mi lengua es Mamun.

—¿Qué significa?

—Es el nombre de un antiguo héroe de mi pueblo, tanto en mi lengua como en la suya.

—También Memnón es un antiguo héroe —dijo Voreno.

—Se cuenta entre nosotros que combatió en una gran guerra en un país lejano.

—Asia —respondió Voreno.

Varea no dijo nada más y continuó siguiendo al centurión con la cabeza gacha. Tal vez pensaba en sus animales prisioneros, el leopardo y el león mauritano.

Tras un camino de una milla Voreno se detuvo en la *mansio* donde había dejado su caballo. Montó en la grupa e hizo subir detrás de sí a Varea, quien lo abrazó por los costados para mantenerse en equilibrio. Llegaron a destino antes de la puesta del sol, a tiempo para encontrar otra persona, el amigo de Voreno, Flavo, tribuno de la Tercera cohorte pretoriana.

Voreno mandó traer una bebida fresca y le pidió que se acomodara en el jardín. Flavo dejó sobre la mesa algo que estaba envuelto en su capa.

—¿Qué es? —preguntó Voreno.

Flavo levantó la capa para descubrir el puñal y el gladio de Voreno.

—Es mejor que los tengas tú. Si alguien los reconociese, tendrías problemas.

—Te lo agradezco —respondió Voreno—. Eres un amigo.

—En cualquier caso, muy buen ojo en el lanzamiento. Creía que solo los bárbaros tenían esas habilidades.

—En efecto, de ellos lo aprendí, en Germania… ¿Te quedas a cenar?

—No puedo. El prefecto me ha convocado.

Se dieron un abrazo. Flavo montó en su caballo y partió al galope.

Voreno ordenó sacar del pozo un ánfora de zumo de uva filtrado, muy fresco, e hizo servir dos copas. Varea no había bebido nunca nada tan agradable y se lo agradeció repetidamente.

—¿No quieres oír la historia de Memnón?

—Sí. Me gustaría mucho escucharla mientras tomo esta bebida de los dioses.

—Hace doce veces cien años —comenzó diciendo Voreno— había una ciudad poderosísima, llamada Troya, que dominaba el estrecho entre nuestro mar y otro más pequeño a oriente. Quienquiera que pasase por allí debía pagar, y de este modo la ciudad se convirtió en inmensamente rica. Estalló entonces una guerra por la avidez del oro. Cincuenta mil guerreros cubiertos de bronce llegaron desde el occidente para asediar la ciudad, es decir, para rodearla por todas partes y obligarla a rendirse. El pretexto de esa guerra no era otro que un príncipe troyano llamado Paris había raptado a la reina de Esparta, poderosa ciudad de los guerreros del occidente, la mujer más bella del mundo...

Varea abrió sus grandes ojos verdes con una intensa expresión de admiración: ¿cómo debía de ser la mujer más bella del mundo?

—Como tú —dijo Voreno adivinando sus pensamientos.

—Continúa narrando la historia de esos guerreros y yo los veré con los ojos de mi espíritu, como si estuviese presente. Respiraré su aire, oiré su grito de guerra, veré chorrear el sudor de su frente...

Mientras el sol se acercaba al perfil de las colinas Voreno comenzó a leer en sus ojos y en su rostro una expresión casi atónita: Varea estaba estupefacta, como si descubriese algo extraordinario, como si hubiese oído aquella historia, muchos años antes, en un lugar lejano y solitario. Un sirviente vertió de nuevo en las copas el líquido fresco y perfumado que había fascinado a la muchacha salvaje.

—Pasaron diez años sin que los guerreros del occidente consiguieran hacer caer la gran ciudad —siguió explicando

Voreno—, pero Troya estaba exhausta y los ataques de los guerreros enemigos eran cada vez más frecuentes y violentos. El rey Príamo pedía ayuda a todos los aliados, desde las costas de Asia Menor hasta Siria, a los reinos del Cáucaso, a Chipre y a Tracia, incluso a la reina de las amazonas, un pueblo hecho todo él de mujeres guerreras como tú. Hasta que tuvo noticia de que en la tierra que nosotros hoy llamamos África vivía un pueblo muy poderoso de muchos miles de hombres, todos negros como el joven que se ha enfrentado hoy al león de Mauritania. Y mandó embajadores para pedirles ayuda. A cambio, el rey Príamo ofrecía bellísimas esclavas caucásicas en gran número.

Voreno pensó que era la sangre de las bellísimas esclavas blancas que Príamo había enviado la que había producido una nueva estirpe como la de Varea y Mamun.

Mientras tanto la muchacha había arrojado en un minúsculo incensario un polvo que le producía una especie de éxtasis mediante el que conseguía presenciar cuanto Voreno estaba narrándole.

—Los guerreros etíopes llegaron a Troya y acamparon en la parte septentrional de las murallas. Memnón entró en la ciudad con sus poderosos guerreros. Conducía un carro tirado por cebras, llevaba el pecho cubierto por una coraza de bronce y sujetaba un gran escudo hecho con el caparazón de una tortuga marina. Remataba su casco una cresta de plumas de ibis rojos. El pueblo troyano los aplaudió con entusiasmo.

»Durante meses el héroe combatió a la cabeza de su ejército contra los guerreros del occidente, a menudo acompañado por un león con la melena negra, pero era inevitable que antes o después se enfrentase con el campeón rubio de los guerreros del occidente, Akireu, al que nosotros llamamos Aquiles.

—Es un enfrentamiento espantoso —dijo Varea, que ahora hablaba como si asistiese al acontecimiento—. Las cebras de Memnón contra los corceles de Akireu, que se llaman Balio y Janto, cabezas contra cabezas. Luego... se separan. Ambos carros se desvían, trazan un largo arco uno a la derecha y el otro a la izquierda.

Voreno estaba estupefacto. No conseguía entender qué era lo que sucedía en la mente y en el corazón de Varea. Trataba de captar las expresiones de su rostro y las inflexiones de su voz. También a él le habría gustado ver lo que ella veía.

Varea jadeaba como si tomase parte en el duelo que ahora describía:

—¡Los veo! —gritó—. Los dos héroes se enfrentan cuerpo a cuerpo. La coraza de hierro de una claridad fría y metálica rechaza la espada del héroe rubio. Su escudo resonante rechaza la lanza de Memnón, que abate a los elefantes. Uno no comprende lo que dice el otro, pero se mueven con extraordinaria rapidez, golpean con aterradora potencia. Parece que hayan combatido el uno contra el otro durante años.

El rostro de Varea chorreaba de sudor como el de los contendientes.

El relato de Varea continuó reproduciendo el combate. Alrededor, los otros guerreros estaban inmóviles, observando y alentando a su campeón, porque nadie quería perderse el encuentro titánico y el fragor de las armas. Combatieron durante toda la jornada para llevar a sus respectivos ejércitos a la victoria —por un lado, los negros de piel brillante; por el otro, los rubios guerreros del occidente—, hasta que la lucha entre las dos formaciones cesó por completo y solo algunos gritos aislados resonaban de vez en cuando como si acicatearan a su respectivo caudillo.

Varea retomó la descripción de lo que le brillaba en el alma y en los ojos, provocando estremecimientos en el corazón de Voreno. Entre tanto llegó de improviso Flavo, seguido a escasa distancia por su liberto Demetrio, un griego experto en magia y en el arte de la tragedia. Lo que vieron y oyeron jamás lo habrían imaginado.

—El sol se pone ahora ya, y desde el cielo los dioses del Olimpo y del monte Ida lo ven hundirse lentamente en el horizonte. Y lejos, muy, muy lejos, los dioses de África y de las montañas de la Luna observan e incitan a su campeón predilecto y le infunden coraje. ¡Mirad! —gritó Varea—. Ahora unas nubes tempestuosas se adensan en el cielo. Memnón balancea su lanza: asta de ébano, punta de hierro sideral. —Varea volvió a gritar—: ¡Memnón invoca a los dioses de Virunga!

—¡Pero Zeus los precede! —exclamó Voreno.

—¡Y lanza su rayo! —apremió Flavo.

—¡En la punta de la lanza de Memnón! —chilla Varea—. ¡La veo! Memnón trastabilla, casi ha perdido el control de su cuerpo inmenso. Aquiles arroja su lanza, que lo traspasa en la base del cuello antes de que toque tierra.

»Un clamor de júbilo brota de las filas de los guerreros del occidente. Un largo lamento se eleva desde las filas de los negros guerreros de África, que avanzan en masa para rodear el cuerpo de su rey a fin de que el enemigo no se haga con él y lo profane.

Eso decía Varea, como si tuviese delante de los ojos lo que describía, como si oyese los gritos, los llantos y los lamentos.

¿Qué poderes tenía la muchacha salvaje? ¿Cómo había reconocido a Memnón en su carro tirado por unas cebras? ¿Y qué había reconocido en la medalla que Mamun llevaba en el cuello en la arena? ¿Era la misma que ella lucía y que había hecho ponerse de rodillas a los etíopes en el puente de la *Gavia*?

Había oscurecido. Las tinieblas de la noche estaban tachonadas de millones de estrellas; el canto del ruiseñor llegaba de los refugios del bosque que arropaba las laderas del monte Cavo. Voreno, Flavo, Demetrio y Varea estaban sentados en torno a una mesa de roble mientras un sirviente les escanciaba vino fresco.

A una señal de Voreno, Demetrio se dirigió a Varea.

—Gran guerrera —dijo—, la historia que nos has hecho revivir hace poco es un prodigio que nadie de nosotros consigue explicarse. Y tampoco logramos comprender cómo has podido llegar hasta aquí, cómo has sobrevivido a los enfrentamientos con los más grandes campeones de la arena. Y cómo ese Hércules negro, al que tú llamas Mamun, ha aparecido de improviso delante de ti llevando la misma medalla que luces en tu pecho.

—Fueron Voreno y sus hombres los que me apresaron y trajeron hasta aquí. No lo quise yo.

Voreno calló, humillado por las palabras de Varea.

Demetrio volvió a hablar.

—Hay un gran poema que cuenta otras historias del ejército negro que vino en el séquito del héroe Memnón en ayuda del rey Príamo de Troya.

Varea lo miró fijamente con una expresión llena de asombro y de curiosidad.

—Muchos de los héroes llegados desde el occidente, tras haber conquistado y destruido Troya, volvieron a sus casas, pero fue un triste retorno. Muchos murieron hundiendo con ellos sus naves, otros se perdieron en el mar y durante largos años no se supo nada más. El más famoso de ellos, el que había inventado la estratagema para entrar con los suyos intramuros de la ciudad, se perdió en el mar durante diez años y fue dado por muerto. Se llamaba Odiseo, y era rey de una pequeña isla: Ítaca. Otros, como el rey Néstor de Pilos y Menelao, rey de Esparta, regresaron sanos y salvos.

»El hijo de Odiseo, llamado Telémaco, decidió visitar a los pocos que habían vuelto por si tenían noticias de su padre, y se detuvo en Pilos, en el palacio del rey Néstor, para solicitarle consejo. Este le dijo que pidiera información al rey Menelao de Esparta, que acababa de regresar y tal vez podría tener noticias. Pero los esfuerzos de Telémaco resultaron inútiles: el rey Menelao nada sabía del rey Odiseo. El joven Telémaco reanudó su viaje en sentido contrario e hizo escala en Pilos para saludar y dar las gracias al rey Néstor. Contó que en el palacio del rey Menelao de Esparta no había recibido ninguna noticia de su padre, ni siquiera por haberla oído contar por boca de otros...

Varea estaba cada vez más fascinada por aquella historia repleta de personajes, de aquellas empresas de miles y miles de combatientes y miles de naves.

Demetrio siguió narrando el viaje de Telémaco:

—El muchacho, evocando la inutilidad del viaje a Esparta, convencido ahora ya de que su padre estaba muerto, rompió en llanto. El rey Néstor lo reprendió: «¿Lloras porque no has conseguido obtener noticias de tu padre? ¿Qué debería hacer yo, entonces, que vi a mi hijo predilecto, Antíloco, el más joven, caer al suelo bajo los golpes de Memnón?».

Varea se estremeció al oír aquel nombre, pensando en el formidable guerrero negro que tenía un nombre casi idéntico: Mamun.

—¿Cómo es que conoces esta historia? —preguntó a Demetrio—. ¿Cómo es posible que dos hombres tengan casi el mismo nombre y quizá también las mismas facciones separados por más de mil años?

—Eso deberías decirlo tú —replicó Flavo—. Tú que lo has reconocido en tus visiones y lo has descrito como si lo hubieses visto y tocado como a un hombre real.

Varea se dirigió a Demetrio.

—¿Qué fue del cuerpo de Memnón después de que muriese a manos de Aquiles?

Demetrio respondió con una voz teñida de una intensa emoción:

—La historia de la empresa de Memnón ha llegado hasta nosotros a través de los versos de un poema muy antiguo, que como todos los poemas es el eco de una verdad remota y solo en parte conservada. Los guerreros etíopes rodearon el cuerpo exánime de su rey y lo retiraron del campo de batalla, hasta el campamento. Allí colocaron a Memnón en la pira, como todos los héroes troyanos, y sus cenizas se guardaron en una urna preciosa que los suyos se llevaron en el carro tirado por las cebras. En el carro se puso también la armadura, que nadie volvió a ver jamás.

Varea se sobresaltó al oír aquellas palabras, y en sus ojos asomaron unas lágrimas.

—¿Qué ves? —preguntó de nuevo Demetrio.

Varea temblaba de la cabeza a los pies, pero dijo con voz firme:

—Que Mamun es el último descendiente de Memnón, que trajo el África interior en auxilio del rey Príamo.

A Voreno se le hizo un nudo en la garganta. Le parecía que la verdad sobre la muchacha salvaje estaba próxima a revelarse y acaso también el misterio de la medalla que le colgaba del cuello. Pero ¿cuál sería la suerte de su vínculo? ¿Partiría Varea? ¿Volvería a la tierra en la que había nacido? ¿El Hércules negro la seguiría o la precedería?

Quizá fuese este el epílogo: la historia iniciada en la sabana africana en una partida de caza de animales salvajes, continuada en Roma, en la arena, en una lucha feroz contra los grandes campeones de la escuela de gladiadores no podía sino concluir con un arriesgado, interminable retorno. Le pareció, en un momento de lucidez, que había sido siempre ella la que había guiado su aventura a través de la estepa y las cumbres del Atlas, Mauritania, el mar interior, hasta el centro del mundo conocido. Y pensó que había llegado el momento de poner un final, quizá doloroso pero sincero, al misterioso encuentro con la maravillosa Varea, que ahora hablaba la lengua del Imperio y veía los espectros de sus más lejanos orígenes.

8

Varea se recuperó de su éxtasis mientras la noche era cada vez más honda y la Vía Láctea más blanca. En la ciudad adormecida resonó el rugido del león de negra melena.

Flavo y su liberto Demetrio se despidieron y se encaminaron a caballo hacia la llanura. Voreno se acercó a Varea.

—Mira ese grupo de estrellas —dijo—. Es Orión.

—¿Quién es Orión? —preguntó Varea.

—Un gigante cazador de gran belleza nacido de la orina de tres reyes: Júpiter, Mercurio y Neptuno.

Varea lo miró con una expresión de asombro.

—Cuando murió, los dioses que lo habían engendrado lo transformaron en la figura que ves en el cielo.

Varea sonrió.

—¿Tú crees en esas historias?

—No —contestó Voreno—. ¿No tenéis parecidas entre tu gente?

—No, nuestras historias son verdaderas como lo son nuestras visiones, aunque no a todos les es dado ver el pasado como si fuese presente...

—¿Recuerdas esa constelación? ¿La ves también cuando estás en tu tierra?

—La veo, pero más baja en el horizonte. La observé muchas veces cuando nos deteníamos por la noche en el Atlas, y trataba de comprender dónde me encontraba y si había un punto de no retorno a lo largo de nuestro sendero. Pensé también en cómo podría matarte.

—Pero no lo hiciste.

—No lo hice, pero no me preguntes el porqué.

—¿Y ahora lo harías, en caso de que se te presentara la ocasión?

—Sé quién eres. Tu nombre está en vuestras tablillas de la memoria escritas por el más grande de vuestros guerreros.

—Julio César. Es verdad, pero yo no soy ese Voreno: estaría ya muerto. Soy el hijo de su hijo.

—Y no tengo motivo para matarte.

—¿Solo por eso? —preguntó Voreno.

—¿No es suficiente?

—Sí, es suficiente. ¿Nunca has amado a un hombre?

Varea no respondió.

—¿Acaso amas al joven con el que te has batido en la arena?

Varea guardó de nuevo silencio.

—Yo, en cambio, te amo.

—¿Y eso qué significa?

—Si ella es feliz, tú eres feliz. Si ella está triste, tú estás triste. Si ella está lejos, tu corazón llora.

Voreno buscó en la mirada de Varea la respuesta a su pregunta, pero encontró sus ojos cerrados y no oyó salir de su boca más que un suspiro.

Se alejó y se dirigió a su alojamiento.

Al día siguiente Fabro llamó a su puerta.

—¿Alguna novedad? —le preguntó.

—El emperador desearía conquistar los territorios africanos allende la sexta catarata.

Voreno negó con la cabeza.

—Otra locura. Pero ¿quién le habrá sugerido ese absurdo?

—¿Séneca?

—Últimamente parece que se interese muchísimo por los aspectos de la naturaleza: volcanes, terremotos, aguas subterráneas y quién sabe qué otras cosas. Para un estudioso, un filósofo como él, estar al lado del hombre más poderoso de la tierra es lo mejor que puede ocurrirle. Basta con pedir.

—Y nosotros debemos cumplir. Nos han convocado a ambos a la hora nona.

—¿De mañana?

—De hoy.

—Sí que le corre prisa —comentó Voreno, y soltó un resoplido.

Tanto Voreno como Fabro, con el uniforme con las insignias de la Trigésima legión, la armadura y las condecoraciones, se presentaron poco antes de la hora nona en la residencia del emperador, donde se los esperaba. Estaban presentes Séneca y Flavo, como comandante del grupo de la guardia pretoriana para la protección del emperador. Nerón recordó la figura de su predecesor y la de su tío abuelo Claudio, un estudioso de notable nivel en historia y otras disciplinas. Por último, junto a sus legados de la legión, entró Cneo Domicio Corbulo, el comandante en jefe del frente oriental, quien había conquistado Armenia, una región enorme, grande como Iberia y la Galia juntas. Era un hombre de extraordinarias dotes de mando e inteligencia estratégica. Tenía el rostro anguloso, los labios carnosos, la barbilla cuadrada. Parecía nacido para mandar, y por las numerosas victorias que había conseguido en los campos de batalla se decía que habría podido hacer sombra al propio emperador Nerón, que, por otra parte, no era belicoso. Seguía los preceptos que el emperador Augusto había proclamado: la paz representada en el Ara Pacis, el altar de la Paz.

Nerón fue el primero en hablar. Expuso su proyecto.

—Ilustre Séneca, comandante Corbulo, pero sobre todo vosotros, valerosos centuriones de la Trigésima legión, he querido convocaros en esta morada por vuestra erudición y vuestra sabiduría, y por vuestro valor, recuerdo de las empresas de Germania y de Armenia, pero también por haberos distinguido en África en la captura de animales salvajes y feroces en lugares agrestes e inaccesibles del Atlas y de Mauritania.

—Por exploraciones como las vuestras —intervino Séneca— se han conocido las interminables extensiones arenosas del desierto que no son como se creía que eran, y se ha sabido que la tierra, más allá de Egipto y más allá de Nubia y Etiopía, se extiende con vastas planicies y montañas cubiertas de selvas pobladas por tribus salvajes y por animales desconocidos. Parece también que esas tierras esconden riquezas inmensas que podrían hacer todavía más grande el Imperio del pueblo romano.

—¿Qué dice nuestro comandante del cuerpo del ejército oriental? —preguntó Nerón.

La pregunta era insidiosa. Una respuesta equivocada podría significar el final de una carrera, la pérdida de la graduación, quizá también la muerte. Corbulo habló. Nunca en la vida había evitado responder a una pregunta del emperador.

—César, el interés que tú expresas significaría una empresa inmensa. Se trata de construir caminos, de botar una flota de cientos de naves en el mar Rojo, cargada con todo lo que es necesario. Todo eso tendrá unos costes enormes. Habrá que enrolar, además, cinco legiones que deberán enfrentarse a guerreros que conocen maneras de combatir que nosotros ignoramos. Pueden estar en todas pares y en ningún lugar al mismo tiempo, pueden sobrevivir en condiciones extremas. Mi respuesta, en conclusión, es negativa… Pero la decisión te corresponde a ti, césar.

Séneca intervino de nuevo.

—La naturaleza en esos lugares es completamente salvaje. Basta leer las descripciones que Onesícrito y Nearco hacen de las tierras que Alejandro atravesó en su expedición a la India: panteras, leones, serpientes, tigres. Pero también las pequeñas criaturas son mortales: arañas enormes, reptiles de todo tipo, garrapatas y sanguijuelas.

Nerón puso ceño. En ese momento, sin embargo, el portero entró y pidió hablar con él, distendiendo un poco el ambiente.

—No sé cómo ha llegado hasta aquí, césar, pero la muchacha salvaje, la gladiadora está fuera. Dice que puede ser útil.

También Fabro y Voreno, tras haber oído lo que el portero había dicho, se miraron el uno al otro con una expresión interrogativa. Pero Varea había entrado ya. Estaba elegante, vestida con un traje ligero que realzaba sus formas. No lucía joyas, aparte del medallón que le colgaba del cuello. De su mirada verde emanaba el poderío de una reina guerrera y la fascinación de una divinidad de las selvas. Había osado comparecer en presencia del hombre más poderoso del mundo, a quien una vez ya había rechazado.

Nerón, sorprendido pero también lleno de curiosidad, la invitó a aproximarse, y Varea comenzó a hablar.

—Conozco esas tierras, inmensamente más extensas de lo que vuestros sabios puedan imaginar. Y conozco a personas que las han atravesado a lo largo y ancho, y desde pequeña he hablado con ellas. Si envías un ejército sin conocer los lugares, por más poderoso que sea, lo perderás.

—Todos recordamos la suerte del ejército de Cambises —dijo Corbulo—, a quien hace cinco siglos se envió a conquistar Etiopía y nunca regresó.

—Es mejor que parta un pequeño grupo que no un ejército —dijo Varea.

Nerón, más bien molesto, no quería, sin embargo, renunciar a los conocimientos y quizá también a los misteriosos poderes que la muchacha mostraba tener. Era supersticioso y recordaba todavía el imprevisto fulgor de sus ojos verdes cuando él había intentado penetrarla, y el profundo terror que lo había dominado. Seguidamente había constatado que nadie, ni siquiera los campeones más fuertes, había logrado vencerla. Estaba convencido incluso de que tendría que transigir con ella.

La reunión se zanjó sin llegar a nada, y Nerón fijó otro encuentro para el día siguiente.

El grupo de los convocados se dirigió hacia la curia del Senado y Voreno se acercó a Corbulo para despedirse.

—Comandante...

—¿Quieres decirme algo?

—Sí. Se trata de una cosa importante...

—Entonces, sígueme hasta el *Lapis Niger*.

Voreno obedeció, y los dos se detuvieron cerca del lugar sagrado y maldito conocido como «la piedra negra».

—¿De qué se trata, centurión?

—Comandante, he servido en tus legiones y he participado en varias batallas.

—Lo sé. Me acuerdo perfectamente de ti.

—Comandante, tienes toda la razón al decir que una expedición con cinco legiones al mediodía de Nubia es una locura; muchos valientes legionarios perderían la vida sin motivo.

—¿Y bien?

—Si me permites, opino que hay que desviar el interés del emperador de Etiopía a otro objetivo. Nerón es muy sensible a la fama y la popularidad, y hay algo que podría interesarle muchísimo: el descubrimiento de las fuentes del Nilo, que nadie ha encontrado jamás. Una empresa semejante no tendría unos costes desmesurados; no habría enfrentamientos violentos ni tentativas de conquistar territorios, sino más bien contactos con países y pueblos desconocidos con los que se podría establecer negociaciones tanto para el comercio como para eventuales alianzas.

»Este descubrimiento sería motivo de grandísima gloria para el emperador. Además, podrían comprenderse también las causas de las inundaciones de Egipto, que siguen siendo un misterio.

Corbulo asintió. La idea era buena, y podría tener consecuencias de gran importancia y procurar un gran prestigio tanto al Imperio como al pueblo romano. Para Voreno, la ventaja era otra: si Nerón concedía a la muchacha salvaje, como todos la llamaban, el permiso de participar en la expedición, sería una excelente ocasión para apartarla de la arena, donde antes o después encontraría la muerte o sufriría graves heridas.

Flavo llegó a tiempo, también, para enterarse del plan de Voreno y constatar que el comandante le daba su apoyo.

—Es mejor disolver la reunión —dijo Corbulo—. Un grupo de oficiales muy conocidos que hablan en la oscuridad en un lugar poco frecuentado, en el caso de que los observara un informador, podría parecer una conjura.

Al día siguiente se repitió el encuentro con el emperador, y Corbulo expuso la nueva propuesta: prestigiosa, de gran interés y compartida por todos los presentes. Demasiado para que no escondiera algo debajo, habría pensado muy probablemente Nerón.

—Una gran empresa de coste moderado y con grandes resultados.

También Séneca, por lo general muy prudente, consideró oportuno apoyarla. Sentía demasiada curiosidad por conocer aquellas tierras lejanas, las montañas, los volcanes, los animales, las plantas que nadie había visto nunca.

—Hay un problema —dijo el emperador.

—No hay empresa que no entrañe problemas —replicó Séneca—. ¿En qué piensas, césar?

—¿Y si fracasa? Nunca nadie ha conseguido descubrir las fuentes del Nilo. Sería una humillación también para mí.

—Si crees que se corren demasiados riesgos, césar... —dijo Fabro.

Nerón sonrió, irónico. Le gustaba ver la sospecha y el temor en el rostro ajeno ante una afirmación suya, cualquier afirmación.

—¿Y ella? —añadió señalando a Varea, que entraba en ese momento.

—Sería inestimable —dijo Voreno—. Su latín ya es mejor que bueno, y cuando estemos en el corazón oscuro de África quizá nos resulte indispensable para comunicarnos con las poblaciones indígenas. Por lo demás, desde el inicio segmentaremos la marcha. El primer intérprete hablará con las poblaciones que se encuentren al mediodía de la suya. Luego se encontrará con otro intérprete capaz de hablar con la población siguiente, y así sucesivamente. Lo hacíamos con las tribus germánicas hasta las orillas del océano. Llevaremos al pintor de paisajes para que retrate, etapa por etapa, el aspecto de los territorios que atravesaremos. Al menos cinco geógrafos y topógrafos harán una representación tanto de la ruta como de los puntos significativos del trayecto, para nuestra orientación. Si tenemos éxito, se escribirá una descripción pormenorizada de nuestro viaje y de nuestros descubrimientos. Haremos una copia para el césar y otras para las bibliotecas más importantes del Imperio, comenzando por la de Alejandría.

—¿Y si fracasáis? —preguntó el emperador.

—Su empresa habrá sido, en cualquier caso, de enorme importancia, y opino que merecerán una condecoración —se entrometió Séneca.

Nerón estaba al borde de un arrebato de ira.

Fabro y Voreno habían esbozado una sonrisa para agradecer a Séneca su intervención en su favor, pero la expresión de Nerón los disuadió.

—Si fracasáis… —prosiguió Nerón, e hizo una larga pausa antes de añadir—: No volváis.

—Pero césar, es prerrogativa de los viajeros poder mentir —dijo Séneca—. Y, lo que es más, nadie ha visto nunca las fuentes del Nilo. No tendrías ninguna posibilidad de comprobarlo.

—Eso lo dirás tú —replicó Nerón, y Séneca se mordió el labio porque había comprendido que con aquellas palabras había sugerido al emperador incluir un espía en la expedición que no tardaría en partir.

Pero ahora la suerte estaba echada y ya nadie podía desdecirse. Flavo se convirtió en el intermediario, junto con Séneca, entre los comandantes de la expedición y el emperador, y enseguida hubo entre ambos un acuerdo tácito: los dos tratarían desde el primer momento de identificar al espía.

Aquella noche Voreno y Varea, en el camino de vuelta, se detuvieron en una pequeña posada que solían frecuentar colegas de Voreno y Fabro, donde podían sentarse a la sombra de un bosquecillo de robles y donde servían la bebida que tanto gustaba a Varea: zumo de uva filtrado y enfriado en un ánfora sumergida en el agua del pozo. Los clientes hablaban en un tono bajo, sin gritar como en las tabernas.

Podía encontrarse allí personajes de alta condición social que acudían para conversar de asuntos importantes. Varea tampoco pasó inadvertida en esa ocasión. Pero Voreno pensaba que, al menos en aquel lugar, estaría al abrigo de la curiosidad de sus sirvientes, que en su casa eran todo oídos.

—¿Estás contenta de volver a África? —le preguntó.

—La que tú llamas África no es la nuestra, que se extiende entre dos océanos y alberga a gentes antiquísimas. Más antiguas que los egipcios, los griegos y los romanos.

Varea hablaba en un tono quedo y tenía su mirada verde fija en los ojos de Voreno. Quizá quería hacerle comprender que le estaba agradecida por haberla salvado en situaciones de extrema dificultad y que sentía algo que conmovía su ánimo.

—No sé nada de ti —dijo Voreno buscando una intuición—. No sé de dónde vienes, ni adónde quieres ir ni si has comprendido algo de mí y si sabes qué soy yo para ti… Tampoco sé de dónde proceden tu fuerza bestial y tus poderes misteriosos. No sé si alcanzaré el objetivo que mi emperador me ha impuesto o si tú me llevarás por un sendero sin luz y sin retorno.

—No puedo decirte todo lo que querrías saber —respondió Varea—. No sé siquiera si sería capaz. Pero quizá algo puedo decirte que alcanzarás a comprender, antes de que comience nuestro viaje… Dame un nuevo sorbo de tu maravillosa bebida.

Voreno obedeció, y Varea empezó a contar:

—Soy la última descendiente de la Gran Madre, aquella que, según las tradiciones de mi pueblo, dio origen al género humano. Es su sangre la que me confiere poderes que para vosotros son misteriosos y para mí naturales, la capacidad de llevar a cabo empresas que ninguno de tus semejantes lograría, como la de comunicarse con los animales. Mis antepasados trataron de encontrar las trazas de nuestra historia antigua en muchos lugares y a su vez también ellos dejaron vestigios.

Voreno inclinó la cabeza, pensativo. Luego miró intensamente a Varea.

—¿Quién es Mamun? —le preguntó.

—Es mi destino —respondió la muchacha.

—¿Y por qué? ¿Y cómo ha aparecido de improviso en la arena?

—Porque sabía que lo encontraría allí.

Voreno bajó de nuevo la cabeza.

—Así pues, lo buscabas a él mientras yo te buscaba a ti desde el primer momento que te vi.

Montaron a caballo y se dirigieron a la casa de las colinas. Llegados a destino, Voreno desmontó el primero, y mientras lo hacía Varea hurgó, bajo el resplandor de una lucerna, debajo de su coselete y extrajo un rollo de pergamino pintado con colores.

—Pedí al pintor de paisajes que me hiciera una copia de tu imagen. La llevo siempre conmigo. No me separo nunca de ella. Cuando, a solas en mi cuarto, me dispongo a descansar, y con la lucerna aún encendida, hago correr el rollo entre mis dedos, contemplo tus ojos verdes y acaricio tu rostro…

Varea no sonrió ni dio muestras de agrado por aquellas palabras, como si hubiera sufrido una sustracción humillante a su persona, y el propio Voreno pensó que la muchacha percibía aquel modo de contemplar y acariciar su imagen como una especie de hurto y de falta de respeto. Quiso entregarle el retrato y trató de reparar su error, pero la joven se dio cuenta de que había sido demasiado severa con él, porque la única intención de Voreno había sido hacerle comprender cuánto la admiraba y cuánto, quizá, la amaba. Con un leve gesto de la mano Varea rehusó la devolución.

—Puedes quedártelo, si quieres. Según nuestras leyes y tradiciones no está permitido hacer lo que has hecho, pero comprendo lo importante que es para ti poseer este retrato. Vosotros llamáis a estas imágenes «arte» y adornáis las casas y los templos con ellas. A menudo representáis desnudas a vuestras divinidades y os parece un homenaje. También yo, en esta figura, estoy casi desnuda. ¿Por eso me has hecho retratar y deseas tener una copia?

—No solo por eso. Para nosotros el amor es también pasión ardiente, un deseo inflamado por la mujer que amamos —respondió Voreno—. Tú misma, mientras escuchabas la aventura de Memnón y de su ejército, oíste que el rey Príamo regaló a vuestros guerreros espléndidas esclavas caucásicas como recompensa por haber acudido en ayuda de Troya durante el asedio de los guerreros de occidente. Y vuestros guerreros no las rehusaron. Tus ojos verdes y tu cuerpo divino son la prueba de ello.

Él se le acercó.

Varea no se echó hacia atrás.

Voreno le cogió el rostro entre las manos.

Ella no lo rechazó.

Voreno le dio un beso ardiente.

Varea le correspondió. Quizá no sabía lo que hacía.

9

Voreno y Fabro se pusieron enseguida manos a la obra. De inmediato se hizo la relación de los miembros de la expedición, elegidos hombre por hombre; la lista de los medios, de los animales de tiro, de las tiendas de campaña, las estaquillas y las mazas, de las cuerdas, los arreos para los caballos, los recipientes para el agua y para el aceite y de las armas reglamentarias, y se informó de las disposiciones para el equipo que era preciso llevar para el viaje. Expertos artesanos prepararon cuidadosamente el calzado. No faltaron instrumentos musicales, tales como trompas y cuernos para los toques, así como tambores.

Al cabo de seis meses estaba todo listo. Nerón mandó un mensaje que debía leerse a los doscientos legionarios que partían, reunidos en el Campo de Marte.

¡Legionarios, estoy aquí para desearos buena suerte! No será fácil llevar a cabo esta empresa, pero si lo lográis, vuestros nombres se transmitirán a la posteridad junto con el mío. El objetivo de vuestra larga marcha no es conquistar nuevos territorios, sino comprender cuán grande es África y así comprender cuán grande es la tierra.

Hemos nacido, legionarios de Roma, no solo para combatir, sino para comprender y conocer, porque vuestras mentes son la parte más grande y noble que poseéis. Os exhorto a comportaros con la dignidad de las tradiciones del ejército romano, y he pedido a vuestros superiores, incluido el comandante supremo Corbulo, que elijan, legión por legión, a los mejores. Actuad de manera que un día vuestros hijos puedan decir: «Mi padre era uno de los doscientos mejores legionarios del Imperio y del ejército de Roma, y junto con sus compañeros llegó a los confines más remotos de la tierra, de donde nadie ha regresado jamás». ¡Estoy orgulloso de vosotros! ¡Roma, está orgullosa de vosotros! ¡Que los dioses de nuestros antiguos padres puedan seguiros paso tras paso hasta vuestro destino y puedan trazar el sendero de vuestro retorno!

Todos aplaudieron, como era de esperar.

Entre tanto se aparejaron cinco naves, incluida la *Gavia*, reclamada al servicio. La flota levaría anclas con el viento favorable a finales del verano.

Había efectivos de chusma destinados a las maniobras para mantener bien tensos los cabos que unían uno y otro casco, de modo que en condiciones de mar brava las naves no se dispersasen.

En la *Gavia* había embarcado la pequeña tripulación de etíopes, inestimable, para cuando la expedición empezara a remontar el Nilo. La cita definitiva y el llamamiento en tierra africana estaban previstos en la desembocadura del Nilo, en el puerto de Alejandría, para dentro de dos, tres meses a lo sumo.

Durante todo ese tiempo, antes de que la expedición partiese, Varea se había mostrado inquieta y nerviosa. Miraba a su alrededor como si advirtiera una presencia invisible, a tal punto que Voreno la hizo vigilar por sus hombres, y tampoco él se alejaba jamás de ella más de un centenar de pasos.

Llegado el momento de la partida, Varea estaba erguida en la proa de la *Gavia*. Pidió varias veces que embarcaran también el leopardo al que había salvado la vida, pero no fue posible encontrarlo.

Desde hacía tiempo sentía que le faltaba una parte de su alma, desvanecida como las de todos los seres vivos, como las hojas de los árboles en el viento de las montañas. Lloró cuando la *Gavia* desplegó las velas. Y al final su llanto sonó parecido al gruñido del leopardo.

Voreno suspiró. Pensaba en el Hércules negro que se llamaba Mamun y que quizá era descendiente del héroe Memnón, el que había llegado tantos siglos antes para proporcionar la ayuda *in extremis* por parte de África al rey de Ilión.

Fabro se había quedado en Roma con una treintena de hombres para culminar los últimos preparativos, y con él Demetrio, el liberto de Subrio Flavo, quien lo ayudaría a investigar en el gran archivo capitolino en el que se conservaban los documentos y los relatos de otros viajeros que habían ido allende las cataratas del Nilo. Además, buscaría los informes de otros oficiales romanos que habían ido más allá del mediodía de Meroe.

Fabro también envió en un bajel muy veloz a un oficial llamado Manlio Canidio ante el gobernador de Numidia para pedirle libros náuticos de los fenicios y de los cartagineses conservados en otro tiempo en la isla del Almirantazgo de Cartago y que Escipión Emiliano había entregado al rey de los númidas tras la caída de la gran ciudad púnica. Cada información podía ser esencial para la preparación de una expedición semejante. En realidad, no se trataba de navegar por los mares, sino por unas aguas mucho más peligrosas: las del Nilo, el río más grande del mundo.

Cuando Canidio regresó, al cabo de quince días, se puso en contacto enseguida con el centurión Fabro. El nombre de Nerón había surtido un efecto positivo y el gobernador de Numidia había cedido una parte muy importante del fondo de la isla del Almirantazgo.

Con la ayuda de los carpinteros navales del puerto de Roma y del propio Canidio, quien había formado parte de la marina en Miseno, se interpretaron los valiosos contenidos de los documentos. Se trataba, en parte, de planos que posibilitaban el montaje y el desmontaje de cualquier nave, ya fuera de carga o de guerra, gracias a los cuales, cuando encontraran las cataratas, podrían desmontar aguas abajo las naves que debían remontar el Nilo, transportarlas por tierra en los carros y volver a montarlas aguas arriba, para seguidamente remontar en ellas el río.

Cuando Escipión Emiliano entregó lo que había quedado del archivo de la isla del Almirantazgo de Cartago al rey de Numidia, hombre de las estepas y del desierto, aquellos pergaminos que detallaban largos viajes por mar tenían para el soberano poco o ningún valor. Ahora, sin embargo, el gesto del gobernador romano de poner a disposición de la expedición de Voreno esos preciosos documentos le hacían ganarse los elogios y el agradecimiento del emperador y del propio Séneca. En cuanto pudo, Fabro mandó hacer copias de aquellos dibujos y proyectos navales para Voreno, que ya había partido en la *Gavia* con Varea, al frente de sus cinco naves, rumbo hacia África.

El viento se estabilizó y la navegación avanzó sin contratiempos hacia el mediodía. Un día, mientras ordenaba sus papeles, Voreno encontró entre ellos un documento con el sello imperial con el que podría obtener cualquier cosa de las autoridades romanas en Egipto, Nubia, Numidia y Mauritania, así como también enrolar soldados en caso de necesidad.

En el estilo de la escritura, Voreno reconoció al comandante Domicio Corbulo. Había, además, un documento en griego que Voreno puso aparte, por desconocer la lengua, y un mensaje en código, que descifró.

Las tierras del sur de Meroe, entre la orilla derecha del Nilo y el mar Rojo, contienen grandes cantidades de oro que hombres muy fuertes de piel negra podrían extraer, lavar y guardar en las casas para enviarlo a Roma. Parte de ese oro servirá para pagar los gastos derivados de alcanzar el objetivo que se os ha asignado.

Varea entró descalza, sin hacer el menor ruido, y mirando por encima de los hombros de Voreno consiguió leer la traducción.

—¿Es esta la finalidad, entonces? —preguntó en voz baja.

Voreno se volvió de golpe y se encontró cara a cara con Varea, que habría deseado no leer lo que el centurión acababa de transcribir.

—La finalidad es extraer el oro, reduciendo a la esclavitud a los hombres que habitan esa tierra desde hace muchos años... o desde siempre.

—Quizá debería matarte de verdad —dijo Varea.

Voreno le ofreció su puñal.

—No he sido yo quien ha escrito estas palabras ni quien las ha pensado. Acepté la orden del emperador de encontrar las fuentes del Nilo porque era una manera de apartarte de las arenas antes de que alguien acabase con tu vida.

—No te necesito.

—Yo creo, en cambio, que sí. Necesitas de mí tanto como yo te necesitaré pronto.

—¿Y por qué? —preguntó Varea.

—Porque solo tú, más allá de un determinado límite, estarás en condiciones de indicarnos el camino.

—¿Para ayudaros a encontrar el oro o para someter a la esclavitud a mi gente?

—No deseo eso en absoluto. Nadie tendrá conocimiento de este documento. A menos que... Varea, me temo que entre nosotros hay un espía.

—¿Qué es un espía?

—Alguien que revela las conversaciones que tenemos y que deberían permanecer secretas.

—¿Como la que estamos manteniendo ahora?

—Exactamente.

—¿Y no es posible averiguar quién es?

—Podríamos saber más en Alejandría, junto con otras cosas.

—¿Cuáles? —preguntó Varea llena de curiosidad.

—Qué es ese medallón que llevas en el cuello, igual que el de Mamun.

Varea calló durante un momento. No pensaba que en Alejandría pudiera encontrarse un objeto tan raro y difícil de interpretar, ni siquiera una reproducción de él.

—¿Tal vez hay espías también en esa biblioteca?

—Es posible, pero lo que hay sobre todo son libros, cientos, miles. Quizá todos los libros del mundo —respondió Voreno.

—Nunca conseguirás encontrar lo que buscas y perderás el tiempo inútilmente, y el emperador te castigará con dureza… Si me juras que no buscarás esas cosas escritas en tu rollo, te contaré qué es esto en el momento oportuno —dijo Varea, y se tocó el medallón del cuello.

—Te lo juro —respondió Voreno, que se sentó enfrente de ella.

Varea iba vestida con uno de los trajes que había aprendido a llevar en Roma y antes aún en Catania, cuando la *Gavia* atracó por primera vez en Sicilia. Se quitó del cuello el medallón y lo dejó en una mesita. Voreno observó hasta sus menores detalles. Parecía un paisaje en miniatura con relieves similares a montañas y con una especie de sendero que lo recorría de extremo a extremo. Sería un camino, quizá, o puede que un río que partía de una pequeñísima piedra azul, traslúcida. Le dio la vuelta y vio unos puntos marcados por minúsculos cristales agrupados de modos diversos. Aparte de eso, se apreciaba en torno al borde del medallón una secuencia de signos imposibles de interpretar.

—No consigo comprender… —dijo Voreno al cabo de un momento.

—Mi tribu es antiquísima, mucho más antigua que Roma, como te dije, y durante muchos milenios he vivido en una vasta llanura poblada por rebaños interminables de animales salvajes. Desde siempre la ha gobernado una mujer, una mujer que debía ser descendiente directa de nuestra madre ancestral: la madre de todas las madres. Desde siempre ella se ha unido con el más fuerte y poderoso de los guerreros, también él de elevada descendencia...

«Mamun», pensó Voreno mientras Varea le dirigía una extraña mirada, como si le hubiese leído la mente.

—Lo que vosotros llamáis amor —siguió explicando la muchacha— no existe entre nuestra gente. Nuestras uniones no se fundamentan sobre esa pasión. Es la hembra dominadora de cada grupo quien decide quiénes forman las parejas.

Voreno miró a la muchacha con una expresión de intensa tristeza, sensación que nunca pensó que experimentaría. Pero los sentimientos que albergaba por la espléndida guerrera dominaban ya su ánimo. A veces le parecía que Varea compartía ese sentimiento, pero cuando trataba de acercarse a ella, Varea le rehuía la mirada.

—¿Por qué me niegas tus palabras? ¿Por qué no me haces comprender lo que sientes en el corazón? —preguntó Voreno.

—Porque no me está permitido. Es mi destino y el destino de mi pueblo. Nada más. Pero quizá hay una respuesta en alguna parte, en una mente que no nos es dado sondear... Los ancianos y las hechiceras de mi gente dicen que existe una antigua profecía que se ha transmitido por vía oral. Alguien la explicó mediante signos, y ese relato lo conservaron los hombres de Qart Hadasht, que vosotros llamáis Cartago, en una isla redonda.

—La isla del Almirantazgo —dijo Voreno—. La devastó Escipión Emiliano hará más de dos siglos junto con el resto de la ciudad. Dudo que algo se haya salvado, aparte del fondo documental que Escipión donó al rey de Numidia. Pensamos que en ese fondo podría haber una información muy importante para esta expedición. Los fenicios y los cartagineses guardaban con celo los secretos de sus rutas náuticas, como también sus técnicas constructivas. De hecho, Fabro está tratando de averiguar si, por casualidad, ese documento todavía se encuentra en Roma. A estas alturas, deberíamos saber algo al respecto.

—Tú buscas el lugar donde nace el gran río y quieres saber si existe un destino para nosotros, para mí y para ti, pero cuidado... Eres un extranjero, y lo que quieres saber podría estar bien para tus sueños, pero estar mal para el destino que yo tengo marcado desde que nací.

Se miraron a los ojos sin decir nada más. Solo se oía el chapalear del agua contra el casco. Por la noche aparecieron los templos sobre la acrópolis de Cartago.

Se habían reconstruido en estilo grecorromano en tiempos de los Gracos, pero a Voreno le vinieron a la mente las palabras con las que Escipión Emiliano, delante de Cartago en llamas, recordaba con lágrimas en los ojos que también Roma caería un día. Pero ¿dónde buscar esa otra profecía de la que Varea le había hablado?

La vio intercambiar unas pocas palabras con un par de hombres de su tripulación etíope que ahora se aprestaba a entrar en el puerto de Cartago para atracar. El tiempo había sido bueno en todo momento, y los cabos que unían entre sí las otras naves de la expedición estaban desatados desde hacía varios días.

Apenas desembarcado de la *Gavia*, Voreno se percató

de que, advertidos de su llegada, un reducido grupo de dignatarios con un oficial legionario acudía a su encuentro para presentarle los saludos del comandante de la guarnición, el tribuno Elio Celere.

—Bienvenido, Furio Voreno —dijo el oficial—. Tal vez te acuerdes de mí. Soy Lelio Sabiniano, estuvimos juntos con la Trigésima en Castra Vetera, en Germania, hará seis o siete años, si no ando equivocado.

—¡Por Hércules, no esperaba encontrarte por estos lugares! —exclamó Voreno.

—Tampoco yo a ti —le respondió su colega—. Apenas hemos visto las enseñas en tus naves, hemos avisado inmediatamente al comandante de la guarnición, que os invita a todos a cenar, también a la muchacha. Su fama ha llegado hasta estas orillas y, deja que te lo diga, la realidad la supera.

—No está aquí por lo que crees. Será nuestra guía en la búsqueda de las fuentes del Nilo. De manera que para nosotros es muy valiosa.

—No permitiremos que se pose ni una mosca sobre ella, te lo aseguro.

Voreno asintió, tranquilizado.

De camino, Lelio Sabiniano puso al corriente a Voreno sobre otras novedades que hallaría en la guarnición.

—Hay todavía más: mientras tú navegabas cómodamente en tu *Gavia* y con tu séquito, Rufio Fabro y Manlio Canidio se dieron prisa en su velero rápido y llegaron hace dos días con una bonita sorpresa para ti...

—No me tengas en ascuas —dijo Voreno—. ¿A qué sorpresa te refieres?

—Fabro encontró en el archivo capitolino una copia del documento que andas buscando. Nunca habría dicho que un soldaducho como él pudiera convertirse en un ratón de biblioteca.

Voreno sonrió.

—En esto se deja ver la mano de Demetrio, el liberto de mi amigo Subrio Flavo, que es un estudioso de gran valía y debería haber llegado con la nave de Canidio. Pero lo importante es que los documentos hayan llegado.

—Además, intuyo que encontraron escritos de carácter técnico de extrema importancia para vuestra navegación. La única, que yo sepa, de este empeño y este alcance.

—Bien. No veo la hora de examinarlos.

Ya en la sede del comandante de la guarnición Elio Celere, condujeron tanto a Voreno como a Fabro y a Manlio Canidio a las pequeñas termas para que tomaran un baño. A Varea le dispusieron un alojamiento adecuado para las mujeres. Voreno pidió que una muchacha del servicio fuera a la *Gavia* en busca de un vestido para Varea adecuado para la ocasión sin que esta se enterara ya que lo habría rechazado. Sin embargo, cuando llegó el vestido, la muchacha salvaje se lo puso, porque su alma inculta e impenetrable estaba disolviéndose en el perfume de sándalo y mirra que una esclava le derramaba sobre la piel y entre los pliegues de la finísima tela de lino cuyo frufrú la acariciaba a cada paso.

A todos les habría encantado que su mirada huidiza se posara en ellos cuando entró en la sala de recepción, pero ninguno lo logró porque ella leía sus pensamientos. No era el caso de los de Voreno, un hombre capaz de irradiar un sentimiento que ella no conocía y que la hacía estremecer.

A veces le habría gustado enfrentarse a él con las armas, retarlo como había hecho con Bastarna en la estepa negra y quemada, o dejarse herir, como en ocasiones soñaba en sus noches sin estrellas.

Voreno, Fabro y Manlio Canidio lucían la armadura del uniforme con las condecoraciones, empuñaban la *vitis* y mantenían bajo el brazo izquierdo el casco con la cresta cruzada, propio de su rango.

El comandante de la guarnición salió a su encuentro y dio un apretón en el brazo a todos, luego permitió a los invitados que se despojaran de la armadura y la colgaran de las perchas. Voreno le había explicado que Varea se ofendería si no la admitían en el banquete como a los hombres, y le había pedido que a todos se les permitiera sentarse delante de la mesa sin triclinios, pero el comandante ya tenía esa costumbre en sus reuniones entre oficiales, tal como corresponde a un soldado. Y sabía, además, que la muchacha había luchado en la arena de Roma enfrentándose a los más grandes campeones.

Al final de la cena Varea fue a la terraza que daba hacia la estepa y llamó a su leopardo, con la esperanza imposible de que hubiera conseguido volver a su tierra natal, pero enseguida se arrepintió. Dejó que el silencio de la noche la envolviera, largo rato, hasta que otro rugido como un gruñido sonoro resonó del bosque. Inconfundible, sin igual.

Mamun.

10

El grupo se quedó en los alojamientos que el tribuno Elio Celere les había ofrecido, y solo de vez en cuando Voreno volvía a bordo de la *Gavia* para controlar que todo estaba en orden. Cada noche Celere lo invitaba a cenar con los oficiales, y en un par de ocasiones también lo acompañó Varea, y después de tomar conciencia de que Voreno y los suyos buscaban personas que tuvieran que ver con los documentos de la isla del Almirantazgo trató de reunir información que pudiera serles útil.

—Hay un anciano decrépito que vive en un tugurio de la antigua acrópolis de la ciudad, la Birsa, y que pide limosna a los viandantes y los forasteros. Un antepasado suyo estuvo al cargo de la biblioteca de la isla del Almirantazgo y parece ser que estaba al corriente de noticias importantes, pero habla solo el púnico, por lo que necesitaréis un intérprete. Llevadle un poco de pescado seco, pues me han dicho que le gusta mucho, y, si tenéis a bordo, vino tinto. Es su pasión. No sé qué más deciros.

Voreno le dio las gracias y se retiró antes que los demás, quienes se quedaron hablando de política hasta tarde, un tipo de conversación que, dadas las circunstancias, el centurión trataba de evitar lo más posible. Con Nerón en la cumbre del poder, en Roma se vivía en el terror y entre escándalos de todo tipo. Cualquiera que buscase una conducta distinta, o incluso que sintiera nostalgia de la antigua República, arriesgaba la vida en cualquier momento, por más que hombres como Séneca y Corbulo trataran por todos los medios de contener los excesos del déspota.

Voreno y Varea, acompañados del intérprete, subieron a la Birsa temprano, antes de que hiciese demasiado calor y estuviera atestada de gente. El anciano estaba ya en el lugar donde pedía limosna habitualmente y agradeció muchísimo el almuerzo de pescado seco, aceite de oliva, pan recién salido del horno y un poco de vino tinto. Era un hombre de edad muy avanzada, con arrugas profundas que le surcaban el rostro descarnado y un ojo perlino por la catarata que le confería un aspecto espectral. El intérprete comenzó a hacerle preguntas, a las que respondió gustosamente. La situación le hacía sentir importante y digno de consideración.

—Los libros más antiguos de la colección del Almirantazgo —tradujo el intérprete— los adquirió Juba II, marido de Cleopatra VIII, ambos criados en el palacio de Augusto en el Palatino.

—¿Qué fue de los escritos después de la muerte de su hijo Tolomeo, último rey de Mauritania? —preguntó Voreno.

—Es posible que, tras la muerte de Tolomeo, la biblioteca de Juba pasara a manos del primer gobernador romano, Domicio Crispo —respondió el anciano, pero parecía distraído: tenía la mirada opaca fija en el medallón que Varea llevaba en el cuello.

—¿Por qué miras ese objeto? —tradujo el intérprete en lengua púnica.

—Es que lo vi cuando mi vista era más aguda —respondió el anciano—. Estaba representado en uno de los rollos que Juba II había adquirido para su biblioteca. Fue Malek, su bibliotecario, quien me lo mostró. De eso hace mucho tiempo, cuando todavía le hacía de ayudante. Pero era un enigma que nunca conseguimos resolver. Malek es muy viejo ahora, también él. De vez en cuando me manda un mensaje. Si tenéis con qué escribir, puedo daros un saludo para él.

—Te lo agradezco —respondió Voreno, y entregó un pequeño pergamino al intérprete, quien escribió al dictado el mensaje para Malek—. ¿Puedes hacerle una pregunta por mí? —le dijo.

El intérprete asintió.

—¿Qué hay de tan importante en esos rollos?

El anciano comenzó a hablar y el intérprete a transmitir en latín:

—Se habla en ellos de la aventura de un pueblo antiquísimo que estaba entre los montes del Líbano y el mar interior, de naves que seguían la costa de África durante tres años para regresar al mar interior por las columnas de Melkart, a quien vosotros llamáis Hércules. Un pueblo que ha atravesado el océano y ha visitado una isla inmensa con unos ríos navegables, fruta maravillosa durante todo el año, unas flores enormes de colores luminosos y perfumes más intensos que el áloe y el incienso, aves de plumas tan coloridas como alas de mariposas. Y cuando vuestras legiones y vuestras naves de guerra sitiaron nuestra Qart Hadasht nuestro pueblo pensó transportar por aquella ruta a toda nuestra gente para alcanzar esa isla y fundar en ella una nueva nación, la más fuerte del mundo, que sería inaccesible para cualquiera. Pero muy pocos escaparon. Mis predecesores salvaron lo que pudieron corriendo entre las llamas que devastaban la isla del Almirantazgo con sus archivos. Durante un larguísimo período de tiempo lo que se salvó de aquellas memorias pasó de mano en mano, manos rugosas de viejos guardianes que siguieron la suerte de aquellos relatos.

El intérprete comunicó al viejo algunas frases sueltas de la conversación entre el centurión y la espléndida muchacha morena. El viejo comprendió lo que estaban buscando: una profecía transmitida de viva voz durante milenios.

—Nadie —dijo el viejo— ha conseguido comprender jamás el significado, nunca nadie pudo traducirla a una lengua comprensible.

—¿Acaso tú sabrías repetirla de memoria? —preguntó Varea.

El viejo la miró asombrado.

—No —tradujo el intérprete—. Dice que la profecía solo se ha transmitido entre mujeres. Muchos creen que no es más que un mito.

Varea abrió desmesuradamente los ojos. Su mirada era un abismo insondable.

—El rey Juba, el primero de ese nombre, sabía dónde se encontraba la única que estaba en condiciones de pronunciar la frase, aunque sin comprender el significado. Se trataba de una esclava etíope que vivía en una cabaña del Atlas en medio de un bosque de cedros milenarios. Debe de ser muy anciana ahora… No estoy seguro de que la vieja Haddad todavía viva.

La mirada de Varea fue elocuente. Viva o muerta, debía llegar hasta ella.

Dieron las gracias al anciano, lamentando no haberle llevado más comida y vino, y prometieron visitarlo de nuevo en la Birsa.

Voreno y los suyos arribaron a Cesarea, la vieja Iol, capital de Mauritania. El tribuno Elio Celere les había entregado un mensaje para el gobernador Domicio Crispo para que ayudase al centurión en caso necesario.

El encuentro fue muy cordial. Los mensajes de la casa imperial, el de Elio Celere y la fama de héroe del Imperio que precedía a Voreno le abrieron todas las puertas. Crispo ordenó que les permitieran acceder a la biblioteca, donde conocieron al bibliotecario del que el anciano de la Birsa les había hablado. Malek parecía leer con gran interés el mensaje de su viejo colega que ahora se veía obligado a mendigar.

Voreno le expuso la finalidad de su viaje, y el propio Domicio Crispo se brindó para colaborar en la expedición al interior con una escolta de unos veinte jinetes mauritanos con uniforme de legionario. Los mandaba un decurión llamado Asasas, que era también su maestro de equitación. Malek se propuso como guía, reservándose un baldaquino en la grupa de un camello.

La floresta del Atlas era de una belleza increíble. Había fuentes cristalinas alimentadas por las nieves de las cumbres que sostenían el firmamento y que se precipitaban a continuación en cascadas espumantes, y troncos colosales coronados por inmensas copas con amplias faldas azulinas. Frente a aquellas maravillas, la leyenda del titán Atlas era una admirable metáfora.

Al atardecer la temperatura descendía y en las noches de luna llena la claridad del disco lunar hacía resaltar la blancura de los glaciares de la montaña.

Varea se alejaba a veces como si estuviera dando caza a un animal de la selva que se escondía en la espesa vegetación. En una ocasión montó a caballo y se alejó al galope como si persiguiese a alguien. Volvió sombría y taciturna y no probó la comida. En esas ocasiones Voreno no le hacía preguntas.

Finalmente Malek, desde lo alto de su camello, vio la cabaña de la vieja sibila del Atlas: Haddad.

Yacía sobre una estera cubierta por un paño de lana fino. Unos pocos dátiles en un cuenco eran su único sustento, y para apagar su sed, cuando era necesario, disponía de una vasija de agua y de un vaso de madera. Su aliento era un estertor; su rostro estaba surcado por una maraña de arrugas profundas, pero sus ojos eran expresivos todavía. A ratos parecían pedir o implorar, en otros momentos le brillaban como si una repentina emoción hiciese brotar lágrimas de sus párpados.

Los legionarios a caballo se habían detenido mucho antes en una posición desde la que se dominaba ampliamente el territorio circundante. Fabro, Voreno y el propio Malek se habían acercado, pero sin entrar en la cabaña. Solo Varea, con extrema cautela y delicadeza, lo había hecho. El sol que descendía detrás de las crestas de los montes entraba también en la cabaña, de modo que quienes permanecían en el exterior conseguían ver o intuir lo que sucedía dentro de la pobre morada.

El rostro de Haddad se iluminó cuando vio el medallón que colgaba del cuello de Varea, también ella conmovida. ¿Acaso había llegado el gran momento? ¿Quizá Malek, que había visto en un antiguo rollo proveniente del fondo documental del rey Juba II la reproducción de esa gargantilla, presenciaría la resolución del enigma? Haddad alargó un brazo esquelético con una mano ganchuda para acariciarlo.

La sibila del Atlas pronunció una frase escueta, quizá un saludo. Varea le pidió algo. ¿Sería la frase que encerraba la profecía?

—Sí —dio a entender Malek desde el umbral—. Sí, está pronunciando la profecía.

Era el momento solemne de la transmisión de un secreto milenario: de mujer a mujer. Varea la repitió, una, dos, tres veces para grabársela de modo indeleble en la mente. La hacía suya, fluiría en la sangre de sus venas, en la luz de su mirada verde.

Ahora la vieja Haddad podía partir hacia los prados de las islas de los Bienaventurados, donde encontraría la fulgurante belleza que veía en el cuerpo escultural y en los ojos resplandecientes de Varea, por siempre jamás.

Una última bocanada de aire.

Los ojos se le hicieron de vidrio.

Murió.

Voreno, Fabro y los legionarios a caballo de Asasas recogieron leña resinosa de los cedros azules para formar una pira sobre la que poner a la sibila del Atlas. Levantaron su cuerpo ligero como una pluma, traslúcido como un sueño, lo cubrieron con sus capas casi purpúreas, y luego, en los cuatro ángulos, prendieron un fuego que no tardó en envolverla.

Varea, inmóvil a escasa distancia, tenía el rostro humedecido de lágrimas y contemplaba el ascenso del espíritu de Haddad hacia los picos nevados y blancos, hacia las nubes tempestuosas, que subían por el horizonte para oscurecer el gran disco bermejo que se ponía, henchidas de fulgores y de relámpagos palpitantes.

Los viajeros iniciaron el camino de regreso a Cesarea. Ninguno se atrevió a preguntar a Varea qué le había dicho la vieja Haddad y si había comprendido el significado de las palabras que la anciana le había hecho aprender de memoria. Tampoco Voreno, que en el crepitar de las ramas ardientes sentía que el corazón le abrasaba en el pecho.

El encuentro de Varea con la sibila del Atlas no había aportado nada a las expectativas de Malek ni a las esperanzas que quizá alimentaba el viejo de la Birsa.

Voreno cabalgó al lado de Varea en silencio. La muchacha avanzaba al paso, muda, consciente de que los ojos de todos los presentes estaban fijos en ella. La leyenda de la sibila del Atlas se había extendido entre las tribus de la montaña. Muchos habían subido a verla para pedirle ayuda por la enfermedad de un hijo, madres de guerreros a punto de partir para conocer cuál sería su destino, agricultores que imploraban la lluvia para poder alimentar a sus hijos. Pero solo Varea conocía el gran mensaje que había recogido de sus labios agrietados en el momento de la muerte, cuando el espíritu se alzaba hacia el cielo o volaba sobre el mar hacia las islas Afortunadas, donde el sol resplandece eternamente y la lluvia cae en minúsculas perlas traslúcidas para regar las flores de grandes pétalos rojos.

En el momento de la parada para abrevar los caballos Varea se alejó unos treinta pasos del pequeño lago azul que, como un espejo, reflejaba las cimas blancas de los montes. La joven se volvió hacia Voreno, y sus ojos fueron los primeros en hablar.

—Ahora las palabras están dentro de mí y puedo volver a mi tierra.

—¿Me abandonas? También yo debo encontrar un sendero y no tengo las palabras que me guíen. Y pensar en perderte y no verte nunca más me rompe el corazón.

—Tú quieres llegar a las fuentes del gran río que vosotros llamáis Nilo.

—Sí. Así se nos ha ordenado, y debo obedecer.

—¿Ese es el único motivo?

—No. África me ha conquistado. Es una tierra maravillosa; los colores del ocaso incendian el paisaje y cuando se contempla desde la costa el disco solar parece sangrar sobre el mar. África, esa infinita e interminable que tú conoces, la rodeada por dos océanos y dos mares, rematada por montes que perforan el cielo y donde en las noches de verano una estela que atraviesa el firmamento de un horizonte a otro vela millones de estrellas. El África en la que resuena el rugido del león y la que tiembla bajo el galope de miles de búfalos. Esa deseo conocer, como querría con todo el corazón y todo mi espíritu conocerte a ti, espléndida criatura, reina de edades ancestrales, tú que respondes al nombre de Varea, tú que has hablado con la sibila atlántica que los dioses inspiraban.

Varea lo miró fijamente casi azorada.

—Nunca te he oído hablar así. Tampoco a ningún otro soldado. ¿Cómo es posible?

—Mi padre, a costa de enormes esfuerzos, hizo que me instruyera un gran maestro que me enseñó la lengua de las personas de elevada condición y aprendí acerca de las tierras más remotas, esas lejanas del Imperio romano.

—¿Mantendrás tu promesa de no reducir a la esclavitud a los hombres de piel oscura y de no derramar su sangre?

—Lo prometo —respondió Voreno.

Varea fijó en los ojos del centurión esa mirada verde que llegaba hasta el corazón. Voreno le besó una mano y luego la otra, y le susurró al oído palabras que no había dicho a ninguna mujer.

Llegaron a Cesarea de Numidia el quinto día de marcha, y Voreno, Fabro y Malek pidieron audiencia de inmediato al gobernador Domicio Crispo para comunicarle el resultado de la expedición. Cuando hubieron terminado de hablar Crispo manifestó el deseo de ver a la muchacha guerrera y vidente cuya fama había llegado hasta el umbral de su palacio. Malek se la presentó. El gobernador probó a hacer algunas preguntas a Varea, pero ella respondió con monosílabos. Malek la justificó entonces alegando que su latín era elemental y lleno de errores, de modo que Domicio Crispo no insistió. Voreno le pidió que concediesen permiso a Malek para acompañarlo hasta Alejandría y Crispo se lo otorgó. Sus credenciales no admitían titubeos. Voreno enroló a algunos centuriones y a no pocos legionarios númidas, una estirpe con el pelo rojizo y los ojos azules, que embarcarían en tres veleros rápidos en una noche silenciosa bajo un cielo estrellado.

África tenía su perfume propio hecho de mil esencias, muy parecido al de la piel de Varea, que de la tierra pasaba a flor de las olas.

En una noche tranquila, mientras la brisa henchía las velas y los pilotos mantenían firmes las empuñaduras de los timones, Varea comenzó a contar su historia a Voreno, en voz baja, como si ofreciera un regalo que desde hacía tiempo guardase solo para él.

—No conocí a mi madre. Me crio una hechicera anciana y sabia parecida a Haddad que recordaba la secuencia de todas las descendientes de la Antigua Madre que dio origen a mi estirpe.

»Se me educó para soportar el calor tórrido y el frío de las cumbres que debía escalar con las manos desnudas, para vivir con los animales salvajes y afrontar las pruebas más duras.

»Luego se me devolvió a mi tribu de las orillas del Nilo. Allí, un día, había de encontrar al hombre que engendraría hijos de mí, hasta que naciese una niña para perpetuar mi especie.

Voreno, el soldado de acero, que había visto mil veces la muerte en mil batallas, se estremeció al oír aquellas palabras y disimuló con la capa las lágrimas que velaban sus ojos.

Las naves arribaron finalmente a Alejandría, y todos los hombres que iban en los veleros rápidos desembarcaron detrás de Voreno. Muchos de ellos no habían visto nunca la ciudad del faro y la gran biblioteca, especialmente los itálicos. Y sobre todo se quedaron maravillados por la noche, cuando un espejo rotatorio situado en lo más alto de la torre comenzó a girar sobre sí mismo proyectando un rayo luminoso que alcanzaba una distancia de veinticinco millas tanto en el mar como en tierra. También Varea se quedó asombrada; creyó al verlo que se trataba de una manifestación del Cosmos, de una estrella con el poder mágico de penetrar las tinieblas en todas las direcciones. Al día siguiente Malek la condujo hasta la entrada de la gran biblioteca mientras Voreno supervisaba el montaje de las naves que habían de remontar las aguas del Nilo.

—Este lugar alberga todos los libros del mundo —dijo Malek—; los secretos del universo, los de la mente humana y del cuerpo en cada una de sus partes, interna y externa. Y quizá también el secreto de la medalla que llevas en el cuello.

La afirmación pareció sorprender a Varea, y siguió a Malek cuando este le ofreció la mano para invitarla a entrar. Por todas partes había ánforas llenas de rollos y gatos que merodeaban en silencio.

—... Para proteger nuestro saber de ratones hambrientos de pergaminos —explicó Malek, y prosiguió su itinerario hasta entrar en el museo, el lugar donde los sabios más destacados del mundo discutían sus teorías.

En el centro de la gran sala había una esfera luminosa en torno a la cual rodaban esferas más pequeñas.

—Este es el Sol —dijo Malek señalando la esfera luminosa—. Y esta más pequeña es la Tierra, nuestro mundo. Gira en torno al Sol y gira sobre sí misma, y se expone bien a la luz, durante el día, bien al abismo oscuro del universo, a las tinieblas. Cuando caiga la noche te los mostraré luminosos como estrellas y te enseñaré el rayo del faro que reclama la atención de los marineros para evitar que se estrellen contra los arrecifes.

Caminaron hasta la puesta del sol, hasta que llegaron a la sala de las representaciones. Allí, enmarcada en un recuadro de marfil, había una reproducción de forma redondeada de algo que se asemejaba mucho al medallón de Varea.

—¿Qué es? —preguntó Malek.

—Ya lo conocéis todo acerca de los misterios del universo. Tal vez consigáis también comprender qué es esta figura.

Malek guardó silencio para no ser descortés y la acompañó de regreso hasta la entrada, donde Voreno la esperaba.

En lontananza, iluminado por innumerables lámparas, se erguía un enorme túmulo, y a su lado se abría una puerta de la que partía un corredor.

Varea preguntó qué era.

—Es la tumba del hombre más grande que haya caminado nunca sobre esta tierra —respondió Malek—. Se llamaba Aléxandros. Descendía de Akireu, el héroe más poderoso que llegó a Troya con los guerreros rubios venidos desde el occidente.

La mirada de Varea se ensombreció de repente. Ya había visto la escena: Memnón, que había llegado a Troya con el ejército etíope en ayuda del rey Príamo, se desplomaba bajo los golpes del rubio Akireu. Exhalaba el último suspiro.

Voreno, después de haber vivido junto a ella aquel momento tan intenso, mágico, conmovedor, se dio cuenta de que la distancia existente entre Varea y él se había dilatado casi hasta el infinito. Aquella muchacha que había capturado junto a las fieras de la sabana africana, a la que había visto hablar con el leopardo en la arena y que ahora había hablado con los dioses, tenía un sendero que recorrer distinto del de él, un humilde soldado que había conocido solo las luchas con tribus bárbaras y las ocupaciones castrenses. Quizá tendría que haber considerado aquella aventura como un período aislado que no se repetiría nunca más.

11

En los días siguientes Voreno y Fabro reunieron a todas las fuerzas de la expedición: los legionarios númidas de montaña, pelirrojos de ojos azules, excelentes jinetes habituados a domar sementales salvajes; los legionarios llegados desde Roma, todos veteranos de la Décima *Equestris*, de la Quinta *Alaudae* y de la Decimotercera *Gemina*, ahora alojados en un cuartel próximo a la necrópolis oriental de la ciudad, y, finalmente, los otros centuriones. En total, eran casi trescientos hombres, cada uno con su propio equipo.

Desembarcó también Subrio Flavo, llegado directamente del puerto de Miseno con un trirreme preparado para la guerra. Abrazó a Voreno con gran efusión.

—¿Cómo van las cosas, amigo?

—Estoy seguro de que vuestros *speculatores* os han dicho ya todo cuanto hay que saber, aunque ignoro aún quién es el espía de Nerón.

En realidad, Voreno sospechaba quién podía ser. No lograba quitarse de la cabeza el recuerdo de aquella noche en la que durmió en la casa de Bastarna y oyó a Fabro y al gladiador hablar de Varea y de cómo podría ser fuente de grandes ganancias si se la adiestraba para combatir en la arena como gladiadora. Así pues, Fabro era alguien dispuesto a anteponer el dinero a cualquier afecto. Mejor estar alerta, pensó.

—¿Qué finalidad tiene esa nave de guerra? —preguntó Voreno.

—Es por los piratas —respondió Flavo—. Trato de mantenerme a salvo. En cuanto a lo demás, el emperador está informado de todo y, dada su pasión por los oráculos y las profecías, se muere de ganas de saber cómo acabará esta historia y averiguar quién es realmente la muchacha de piel oscura que ha hablado con la sibila y qué se dijeron.

—Tampoco yo lo sé, por lo que también el emperador deberá tener paciencia.

—Al menos me dirás cuándo piensas partir.

—Pasado mañana, si todo va bien.

—¿Puedo ir también yo? Cuando menos hasta Elefantina. Nunca he navegado por el Nilo.

—Claro que puedes venir con nosotros. Además, teniéndote a ti a bordo el cocinero se esforzará.

Los dos fueron a sentarse al lado del astillero donde se ensamblaban las partes de las naves fluviales para luego vararlas en el Nilo. Prácticamente se había completado la labor e incluso estaban dispuestos los deslizaderos para realizar la botadura.

—Los operarios trabajarán hasta entrada la noche para asegurar la partida pasado mañana. Buena parte de las naves están ya en el agua fondeadas. Solo faltan las tres últimas, en las que se cargarán los carros de transporte.

La cena de Fabro, Flavo y Voreno fue sabrosa aunque frugal, pero la ausencia de Varea se dejó sentir, tanto más cuanto que Flavo parecía haber ido a Alejandría sobre todo por ella.

—Últimamente está con frecuencia de un humor apagado —dijo Voreno—. Pero entre aquí y Elefantina encontrarás sin duda la manera y el momento de hablar con ella.

El día fijado la flotilla desplegó velas ganando en breve el centro de la corriente a fuerza de remos y buen gobierno del timón. En la partida estaban presentes las autoridades, entre ellas el gobernador de Egipto, y cuando la flotilla hubo alcanzado el centro de la corriente vieron descollar las pirámides en la llanura de la necrópolis real. Era un espectáculo que quitaba el aliento a todo aquel que no las hubiese visto nunca, como era el caso de los legionarios númidas de montaña. El pintor de paisajes había llegado hacía tiempo con los primeros contingentes, y había ejercitado varias veces su arte en las espectaculares vistas en escorzo de Alejandría y en la monumental necrópolis que se extendía no lejos del palacio real de los Tolomeos, descendientes de Tolomeo I, uno de los compañeros de Alejandro y el primero en hacerse con un reino independiente y el más rico: Egipto. Revestidas de piedra caliza blanca pulida, las pirámides reflejaban como espejos la luz del sol.

—Vista desde el occidente, la gran pirámide refleja incluso el disco rojo del sol en el ocaso —dijo Voreno.

—¿Qué son? —preguntó Varea.

—Tumbas —respondió Voreno.

—¿Tumbas? ¿Para un hombre solo? ¿Y cuántos murieron para construirlas?

—Muchísimos. Se requería el trabajo de treinta mil hombres durante treinta años, y muchos de ellos perecieron.

—La ambición y el culto a sí mismos son desmesurados en los varones. Quieren dejar testimonio de su poder y de su riqueza incluso después de muertos. Llevan la muerte por doquier. Nosotras damos la vida.

—Esta tumba debía proteger eternamente el cuerpo del faraón, a quien se consideraba un dios. Podía desposar a sus propias hijas o a sus propias hermanas, si quería, para mantener la pureza de su sangre divina. Cuando fallecía se embalsamaba su cuerpo y sus órganos internos se colocaban en unos vasos especiales llamados canopos.

—A ninguno de nosotros se nos considera un dios —respondió Varea—. Los dioses están siempre con nosotros. Están en nuestras mesas, están con nosotros y escuchan nuestra voz en cualquier momento del día y de la noche.

—Tienes razón —respondió Voreno—. Nuestro máximo poeta, que narró la guerra de Troya, afirmó que el dios del mar, Poseidón, en ocasiones compartía banquete con los etíopes, es decir, con tu gente.

Las naves, ahora ya impulsadas a fuerza de remos hasta el centro de la corriente, conseguían tomar el viento septentrional que podía refrenar su empuje.

Al cabo de unas pocas millas aparecieron las pirámides de Dahshur, espectaculares, de formas y dimensiones diversas. En las cúspides resplandecían las *piramidia* de láminas de oro. Representaban los esfuerzos de los arquitectos para alcanzar la forma perfecta. Algunas tenían aspecto de torres, en otras se habían interrumpido las líneas de acabado de sus caras porque aquellos colosales monumentos estaban cerca del Nilo y se habrían hundido en un terreno demasiado blando. De manera que ofrecían una forma romboidal. El pintor de paisajes miraba con admiración las imponentes estructuras. Sus marinas con las velas blancas de las costas ostienses estaban muy lejos. Había visto en algunas decoraciones la gran pirámide, pero las que tenía delante lo dejaban sin habla. Sobre sus tablas y con sus colores, trataba de reproducir el ocaso entre aquellos colosos de piedra que surgían sobre una extensión infinita de guijarros de alabastro.

Flavo intentó acercarse varias veces a Varea, pero con escaso éxito. Tal vez la muchacha no podía olvidar que había sido él con sus soldados rojos el que se la había llevado de la casa de Voreno y apartado del sosiego al que se había habituado.

Pasados ocho días la flotilla arribó a la isla Elefantina. Había llegado el momento de desembarcar al tribuno Flavo, conforme lo acordado, y de despedirse. Arriaron un bote y se dirigieron al amarradero principal. Flavo y Voreno fueron a pie comentando la vista que se les ofrecía: un camino breve con casas encaladas y coloreadas de ocre, rojo pálido y marrón. Encontraron una posada, visible desde cierta distancia por su débil iluminación, tanto interior como exterior. La brisa había disipado el bochorno y los dos amigos se propusieron cenar fuera; había mesas y taburetes en los que acomodarse. El posadero, vestido a la egipcia, pero capaz de explicarse en griego y hasta con alguna frase en latín, cantó la lista de los platos disponibles: varios pescados del Nilo y carne de hipopótamo asada. Voreno y Flavo optaron por los pescados cocinados a la parrilla con sal y hierbas aromáticas, y pidieron cerveza.

—¿Cómo piensas arreglártelas ahora? —preguntó Flavo—. Tus naves pesan demasiado y no podrás seguir más allá. La primera catarata no está lejos de aquí.

—Espera a que nos hayamos comido este pescado y luego vente conmigo al castillo de popa de la *Gavia*, mi nave —respondió Voreno—. Te mostraré una cosa.

—¿Te refieres al secreto de la sibila atlántica?

En el cielo se recortaba una fina hoz de luna y el chapaleo del gran río parecía que debiera conciliar el sueño.

—No —contestó Voreno—, y Varea no lo revelará nunca. Preocúpate de otro asunto más bien. Regresarás a una ciudad dominada por un loco que ha hecho matar a su madre por conspiración y a otros muchos ya.

—Tienes razón. Pero todavía nos queda una esperanza...

—Sé a qué te refieres. Y el mero hecho de que aludas a ello significa que tienes en mí una confianza ilimitada. ¿No temes que yo sea el espía?

—No, no lo temo. Hemos confiado siempre el uno en el otro, y en la guerra uno ha salvado la vida del otro.

—Puedes estar tranquilo; nunca hablo de política delante de mis hombres. Tenemos una misión que llevar a cabo. Me ocupo de eso y de nada más. Soy un soldado, después de todo, ¿no?

En cuanto terminaron de comer y de tomar un vaso de cerveza, volvieron al bote y remaron hasta que tocaron de costado el casco de la *Gavia*. Izaron a bordo a Voreno y después a Flavo. El tribuno de la guardia pretoriana lo siguió hasta el castillo de popa, donde había una mesita atestada de rollos de pergamino y varios papiros.

—Estos documentos provienen de la biblioteca de la isla del Almirantazgo, de Cartago, y contienen las instrucciones para construir naves modulares que pueden montarse y desmontarse según sea la necesidad. Tú mismo puedes ver las contramarcas grabadas en el tablaje. Son las instrucciones para las ensambladuras. Solo con naves de este tipo se podrá remontar el Nilo.

Flavo se mostró admirado y asombrado a la vista de aquel proyecto de cinco siglos de antigüedad, prueba de la extraordinaria capacidad proyectiva de los señores del mar. Luego abrazó a Voreno y le dijo al oído:

—Te deseo buena suerte, amigo mío. Afrontas una empresa excepcional. Ten cuidado... Nadie ha conseguido nunca llegar a unos lugares tan remotos.

Voreno no respondió, pero dentro de sí se preguntaba cómo era posible que Flavo estuviera al corriente del encuentro entre Varea y la sibila atlántica. Un bote dejó la nave de Flavo para transportarlo de regreso a bordo desde la *Gavia*.

Mientras tanto Varea pensaba en otras cosas y esperaba con ansiedad las primeras luces del alba.

Voreno abrió los ojos en la oscuridad de la noche. Creyó haber oído un leve ruido, apenas perceptible, que provenía de la amurada oriental. Luego distinguió una forma oscura. Era Varea, que se desnudaba, se ataba la túnica a la cintura y, antes de que Voreno se diese cuenta de lo que estaba pasando, se lanzaba al agua.

—¡Varea! —gritó, y se precipitó hasta la barandilla.

Era ella, y nadaba con rapidez hacia la orilla oriental del río. Voreno arrió el bote y trató de alcanzarla remando afanosamente. No se había preocupado nunca de informarse sobre el comportamiento nocturno de los cocodrilos, pero se estremeció solo de pensar que cazasen de noche.

Entre tanto Varea continuaba nadando a buen ritmo, hasta que alcanzó la orilla. A Voreno le costaba distinguirla porque la luna era apenas visible y casi se perdía en el cielo negro. No trató de acercarse todavía a la figura oscura. Debía de haber un motivo por el que Varea había llevado a cabo aquel gesto tan peligroso y no se sentía en el derecho de turbar su soledad. Luego, al oriente, percibió una sutil franja de luz, poco menos que una reverberación, pero suficiente para ver perfilarse en las más densas tinieblas dos estatuas colosales sentadas en un trono. Se volvió hacia Varea, que las contemplaba de espaldas al alba.

Se produjo entonces una especie de milagro. De la boca semiabierta de uno de los colosos salió un sonido que habría podido ser un lamento o un lloro. Voreno se dirigió hacia la aurora acercándose a Varea.

En el gran silencio resonó la voz de la muchacha.

—Es el lamento de Memnón. Saluda a la madre Aurora, o quizá sea ella, que resurge cada mañana, la que llora la vida que se le arrebató.

Tras pronunciar esas palabras Varea se acercó al coloso mientras se cubría con la túnica que hasta ese momento casi la mantenía desnuda. Pero la túnica empapada se adhería a su cuerpo como una segunda piel. Hacia el oriente los colores del alba se tornaban en los de la aurora. Varea se aproximó aún más al coloso que lloraba.

—He oído hablar muchas veces de ese sueño —dijo Voreno.

—Es una señal que solo yo puedo comprender, me lo dijo la vieja Haddad, la sibila atlántica. Por eso he tenido que cruzar el río por la noche, para esperar el alba y la aurora delante de aquel que vosotros llamáis Memnón y nosotros Mamun.

A Voreno le brincó el corazón. En la estatua había grafitis de todo tipo, en unas lenguas que no entendía: la de los egipcios, hecha de pequeñas figuras, y la de los griegos, que un simple soldado como él jamás podría leer.

Alcanzó su barca y dejó sola a Varea, que observaba la estatua colosal como arrebatada por aquella visión, y después se dirigió hacia la orilla del río. Voreno se acercó de nuevo y la subió a bordo. Hablaron largo y tendido en la barca y luego en la *Gavia*. Al día siguiente asistieron al desmontaje de las naves y a la carga de sus partes en los carros que las llevarían pasada la catarata, donde volverían a montarse.

—Es increíble —susurró Varea.

—Pero no es mérito nuestro. Los planos de estas naves son obra de un pueblo de navegantes hábiles como ningún otro: los fenicios. Se conservaban en la biblioteca de la isla del Almirantazgo en la ciudad de Qart Hadasht, donde vive todavía el viejo de la Birsa que viste. De ahí pasaron primero al rey y luego al gobernador de Numidia y a su biblioteca, donde los encontramos. Fabro me ha traído las copias.

—Es maravilloso el modo en que los pensamientos de los hombres se imprimen en un rollo y pasan de mano en mano...

—... mientras que entre vosotros las palabras pasan de persona a persona traspasando, de todos modos, los siglos y los milenios. Y el hecho de que tú seas una de esas personas hace que mi corazón palpite con fuerza. Cosa rara para un simple soldado como yo. Pero ahora verás, por lo que me han explicado, maravillas aún mayores.

—¿Mayores que las que vi en Roma?

—Tal vez. En cualquier caso, distintas.

—¿A qué te refieres?

—También nosotros construimos imágenes colosales como estas, que no sirven para nada. Al mismo tiempo, construimos obras enormes que, sin embargo, son útiles para miles de personas. Por ejemplo los acueductos, que salvan valles y atraviesan los montes llevando agua cristalina y buena que todos pueden beber. Construimos caminos que unen una ciudad con otra durante decenas, cientos de millas, y bibliotecas que conservan el saber de infinitas personas y que se transmiten de generación en generación.

»Todo esto no está hecho en absoluto para crear asombro, sino para servir a miles de personas. Esa es la diferencia.

Dos días después Varea, Fabro y Voreno, seguidos por el pintor de paisajes, visitaron el templo funerario del faraón Ramsés, un gigante de cincuenta y siete pies de altura que representaba al soberano.

Varea lo contempló con asombro.

—Y esta es otra de las obras que no sirven para nada.

—Y, sin embargo, es una obra de arte. Sin el arte el mundo sería infinitamente más pobre y yermo.

—Y, sin embargo, ese rey que no era más grande que tú se hizo retratar como un gigante. ¿Cómo pudo hacerse a sí mismo tan falso?

—El pueblo debía sentir que un dios lo gobernaba.

Varea no respondió.

Voreno señaló una estatua de bronce del emperador Augusto.

—Este fue nuestro primer emperador, y, como puedes ver, esta imagen lo representa solo un poco más alto de lo que el verdadero era. Muy pronto, no obstante, el poder desmesurado de los sucesivos emperadores, como Nerón, los llevó a hacerse representar inmensamente más grandes.

A la noche siguiente la luna era invisible, poco más que un hilo de luz sobre el desierto. Aun así, el cielo estaba lleno de estrellas, algunas resplandecientes, otras a tal punto numerosas que no se distinguían la una de la otra, pero creaban una nube lechosa que atravesaba por completo el cielo negro. Voreno tomó a Varea de la mano y la condujo hacia el desierto. Ni ella ni él lo habían visto nunca tan inmenso y con esas formas curvas movidas por minúsculas ondas como temblores de arena. El viento a trechos lo recorría y en la curva perfecta de las dunas levantaba pequeños bufidos de polvo de oro.

—¿Has visto algo parecido alguna vez? —preguntó Voreno.

—No —respondió Varea—. El mío es un mundo de selvas de árboles milenarios y de praderas, con una inmensa población de animales, algunos minúsculos, otros gigantescos como los elefantes de patas torcidas y los búfalos de cuernos firmemente incrustados en el cráneo, o las serpientes diez veces más largas que la más grande que puedas ver en tu tierra; con aves de infinitos colores y flores con un perfume que es imposible describir, ni siquiera imaginar...

—¿Los veré alguna vez? ¿Aspiraré su perfume, que me parece percibir cuando me acerco a ti, como ahora?

—Yo lo deseo —respondió Varea—. Echo de menos esos perfumes y esos colores...

«¿Y qué más echará de menos?», se preguntó Voreno. Pensaba en Mamun, a quien había reconocido en el coloso sentado en el trono de piedra, en el timbre de su voz lastimera.

Subieron juntos a la gran colina de arena hasta dominar un vasto paisaje. Del otro lado de la colina, Voreno vio algo inesperado: las huellas de un hombre que había subido hasta allí y luego había vuelto sobre sus pasos. Por un instante le pareció reconocer a un Hércules negro de piel brillante que enseguida se desvaneció.

Volvió la mirada hacia Varea para descubrir en la joven una emoción que temía.

—¿Lo has visto tú también? —preguntó.

—¿Qué?

—A un gigante negro. Sus huellas llegan hasta aquí y luego vuelven atrás.

—Era una sombra que hemos creído ver. Es lo que puede suceder cuando se ha oído la voz del coloso que llora.

Continuaron hablando en el inconmensurable silencio del desierto. Los suyos eran dos mundos separados por varios milenios y por distancias infinitas. En las palabras de ambos había muchos porqués y largos silencios que solo el viento y las voces del desierto podían interrumpir. Voreno no imaginaba que unos mensajeros de piel oscura los observaban desde escondites remotos para informar a su vez a otros mensajeros.

El desierto parecía no terminar nunca, pero a lo largo del río siempre había vida, como también había muerte. Monstruos: cocodrilos, serpientes, hipopótamos.

12

Voreno dejó su capa en lo alto de la colina de arena y se situó delante de Varea, frente a frente, bajo la luz de las estrellas con la luna en medio de ellas oculta por una gran nube. Eran dos formas oscuras. A sus espaldas, abajo, discurría el gran Nilo centelleante.

Varea se volvió hacia el río.

—Sabía que llegaría este momento. Sé que lo has deseado siempre ardientemente. También yo he llegado a sentir la llama que abrasa el corazón y el interior del cuerpo. Me besaste ese día y respondí a tu beso, abrí mis labios. Y ahora quieres entrar en mi cuerpo para provocar mi delirio. Yo quiero arder de tu mismo fuego, pero no puedo. Te lo ruego, escúchame.

»La profecía de la sibila del Atlas es terrible. Y, por desgracia, las palabras que leí en la hoja que habías cogido del armario de la nave me lo confirmaron...

—No —la interrumpió Voreno—. Te juré que yo nunca causaría esa devastación, que no buscaría el oro ni esclavizaría al pueblo etíope...

—Lo harán vuestros descendientes si ahora unimos nuestros cuerpos, y seré yo quien desencadene una tempestad de dolor y de desgarro infinita... Mi pueblo será aniquilado, arrastrado más allá del océano a otra tierra donde su esclavitud no tendrá fin.

»Pero yo, que logré asistir al duelo de Akireu y de Memnón delante de las murallas del rey Príamo, seré capaz de hacerte vivir el sumun de nuestra pasión sin que mi gente sufra tormentos, sin violar la profecía. Yo respiraré tu aliento y tú el mío...

Varea se soltó las fíbulas de la larga túnica y la dejó caer a sus pies como una rosa marchita, quedando desnuda. Voreno le cogió las manos y, suavemente, la tendió sobre el suelo y se tumbó a su lado. Ella le sopló en la boca su aliento. Recordó el largo y tórrido beso que se habían dado antes de partir y que se vio interrumpido como por un sobresalto o un estremecimiento de frío en el verano romano. ¿De quién había aprendido el beso? ¿Y por qué? ¿Y cómo se sintió entonces?

Todo se consumó en el silencio, en la oscuridad, en la ensoñación y en la ilusión de los sentidos que no fue menos intensa, ardiente, que si hubiera sido real.

Exhaustos, jadeantes, tendidos sobre la capa aguardaron el alba, cuando los rayos del horizonte alargaron las sombras de las pirámides de las reinas negras y doraron las arenas. Varea ignoraba que el delirio de la mente es más poderoso y culpable aún que el del cuerpo.

Llegaron a Meroe, antigua ciudad de Nubia que, según se decía, la habían gobernado durante siglos unas reinas negras como Varea.

En cuanto Voreno llegó al pequeño campamento situado cerca del atracadero de las naves rebuscó en unas cajas con documentos que estaban en la nave de Fabro y encontró el diario de Publio Petronio, tercer prefecto de Egipto.

Había también papiros escritos por un escriba. Muchas cifras en números egipcios y a veces romanos, dibujos a pluma y tinta; distancias calculadas en pies y en millas romanas. Finalmente, encontró el gráfico completo de un itinerario tanto fluvial y lacustre como terrestre. El primero estaba señalado con minúsculas anclas y el otro con figuritas que representaban un pequeño animal de carga: un borrico.

Cogió dos estuches cilíndricos que contenían papiros vírgenes. Uno era para él y el otro se lo regaló al pintor de paisajes para que no pasase por alto ningún aspecto del viaje ni la precisión horaria.

El material documental estaba en una arquilla en la que también había una carta de Publio Petronio que decía:

Publio Petronio, prefecto de Egipto, dirige este mensaje a todos los que quieran seguir los itinerarios trazados en las hojas de papiro. No pocos de mis comandantes han tratado de recorrerlos, pero la mayor parte de ellos han fracasado porque carecen de las indicaciones fundamentales que son la clave para comprenderlos. Se hizo un intento a partir de un texto de la gran biblioteca y de un dibujo que se conserva en el museo de Alejandría, que representa, agrandado, un medallón que hasta ahora no se ha interpretado. Solo cuando se encuentre la clave podrán comprenderse los itinerarios.

Que los dioses protejan y ayuden a quienes quieran llevar el nombre de Roma a los confines más lejanos de este vasto territorio.

Voreno se sintió desfallecer ante el ulterior obstáculo que se le presentaba en la carta de Publio Petronio. Creía que aquellos itinerarios eran un fin y un instrumento en sí mismos, pero no era así. Se necesitaba un último código para resolver el enigma. Se preguntó si el emperador estaba al corriente de aquella situación, si en el *Tabularium*, el archivo del Estado en el Capitolio, todavía había documentos que examinar. ¿Y cuánto tenían aún que revelar tanto lo que quedaba de la gran biblioteca como los tesoros sapienciales de la isla del Almirantazgo?

Fabro, entre tanto, subió a bordo con un rollo bajo el brazo y se reunió con Voreno, inmerso en sus hojas susurrantes. Varea, que había conocido el amor y el placer como un fin en sí mismo, caminaba por la franja seca entre el río y el desierto, dominando así con su mirada dos mundos.

—¿Ahora eres más sabio? —preguntó Fabro al tiempo que se inclinaba sobre los papiros—. Y ella, ¿por qué camina entre la arena y el agua? Quizá también ha adquirido una sabiduría que ignoraba, pienso. Yo, más humildemente, he calculado nuestro itinerario de Siene a este territorio de las reinas negras de Meroe: son novecientas setenta y cinco millas romanas.

Abrió el rollo sobre el pavimento asegurándolo con pesos de los usados para las redes de pesca.

—Hay cincuenta y cuatro millas hasta el Sagrado Sicómoro. Desde el Sagrado Sicómoro hasta Tama, setenta y dos millas. A la región de Enonimiton, primera de los etíopes, ciento veinte millas. Desde la primera de los etíopes hasta Acina, sesenta y cuatro millas. Desde Acina hasta Pitara, veinticinco millas. Desde Pitara hasta Tergedo, ciento seis millas... Tergedo se encuentra donde está la isla en la que vimos los papagayos, ¿verdad? —preguntó Fabro.

—Exactamente. Todos estaban entusiasmados, ¿recuerdas? —dijo Voreno—. Al menos una decena de nuestros legionarios bajó a tierra para verlos. Aquellas aves fueron la señal de que estábamos entrando en otro mundo. Y luego vino la isla de Artigula, en la que encontramos los monos esfinges.

—Nunca antes los había visto y me impactaron —respondió Fabro—. Veía algo de humano en su extraña expresión, pero también de bestial cuando abrían la boca, con aquellos colmillos tan afilados y largos.

—En Tergedo vimos también babuinos, a los que los griegos llaman cinocéfalos porque tienen la cabeza de un perro.

Voreno recorrió el papiro con el índice y continuó:

—De ahí a Napata hay ochenta millas… Y de Napata a la isla de Meroe, trescientas sesenta. Es aquí donde estamos, Fabro, Y es aquí donde haremos una parada y llevaremos a cabo una exploración. Avisa al pintor de paisajes.

—Voy enseguida —respondió Fabro. Y añadió—: ¿Y ella?

—Ella está donde desea, pero es probable que venga con nosotros —respondió Voreno—. Eso espero, porque quiero ir a la selva.

Ambos ordenaron que les prepararan los caballos, y congregaron a algunos arqueros y lanzadores de jabalina, a un intérprete, a un cazador de bosque y al pintor de paisajes. Finalmente apareció también Varea, a caballo. Llevaba solo una túnica corta, de caza, así como un arco terciado, un carcaj y un puñal.

La selva no lindaba con el desierto, sino con una vasta zona herbosa donde pastaban decenas de miles de animales: cebras, gacelas, antílopes, alcélafos, facoceros, búfalos, jirafas, que ni Fabro ni Voreno habían visto nunca. También había leones, leopardos, hienas, guepardos y elefantes, enormes estos últimos por su mole, sus formidables colmillos curvos, su larga trompa con la que bebían y arrancaban la hierba para llevarse a la boca. A los hipopótamos los conocían de sobra desde que navegaban por el Nilo.

Voreno ordenó que nadie matase a los animales si no era para defenderse. El escenario natural era de una belleza casi imposible. Los legionarios y sus comandantes asistieron a algunos enfrentamientos sangrientos: leones que devoraban a sus presas mientras aún estaban vivas; leopardos y leonas que acorralaban a búfalos enfermos o agotados por estar heridos y los derribaban y se los comían, pedazo a pedazo, aún con vida.

Pensó en los juegos de la arena, donde los gladiadores se batían contra los leones y las otras fieras de la sabana, un espectáculo terrible y cruel. Pero la naturaleza, que los estoicos veneraban como punto de todos nuestros orígenes, como ejemplo de vida, en realidad era una lucha a muerte. Se preguntaba si los dioses de Roma tendrían algún poder en aquellas tierras tan remotas y salvajes. Se preguntaba si todo eso tenía sentido. Varea, que estaba a su espalda, leyó su pensamiento.

—El león mata y desgarra por necesidad, vosotros por diversión —le dijo—. Y hacéis lo mismo entre seres humanos.

—No estoy aquí para capturar a los animales salvajes, sino para observar y escribir lo que veo en mi diario. Sobre todo estamos aquí para aprender.

Se adentraron en la selva llevando a hombros tiendas para pernoctar en ellas. Por la frondosa vegetación se filtraban algunos rayos de luz, pero una vez que los ojos se habituaban a la oscuridad de la espesura se revelaban infinidad de cosas: ranas enormes, serpientes gigantescas que estaban enroscadas en las grandes ramas y a veces se dejaban caer con todo su peso al suelo si pasaba por tierra algún animal, que luego machacaban y se tragaban entero. Desde aquellas alturas caían también sanguijuelas que se pegaban al cuello o a los brazos. Monos a cientos saltaban con brincos acrobáticos, con una agilidad increíble, de una rama a otra, dando agudos chillidos que se unían a los numerosos sonidos de la selva.

Voreno dirigió los turnos de guardia con la consigna de velar a todos, y cuando se disponía ya a irse a dormir se encontró delante de una criatura asombrosa, inmóvil, con facciones humanas pero tosca y no más alta de tres codos.

—Es un pigmeo —dijo a sus espaldas Varea—. Son los hombrecillos del bosque. Normalmente son mansos y buenos.

El intérprete dijo algo más, y a la mañana siguiente el pequeño hombre del bosque apareció nuevamente. Varea tradujo las palabras del intérprete:

—A los faraones de Egipto les gustaba mucho tener estos hombrecillos, los pagaban a peso de oro. Los empleaban para divertir a las mujeres y los hombres de su corte.

En ese momento el cazador de bosque mostró con un gesto a Voreno unas huellas en el terreno.

—¿Qué es? —preguntó el centurión.

El cazador de bosque apuntó el dedo hacia un punto muy espeso de la selva de donde llegaba un ruido de ramas quebradas. De inmediato apareció un animal enorme con una piel muy gruesa, de color grisáceo, con dos ojos diminutos asimismo grises y dos cuernos en el morro, el primero más grande y el segundo más pequeño. Un monstruo.

Sopló por los orificios nasales como un dragón y emitió una especie de gruñido. Frente a él, un tronco de ébano abatido por un rayo le impedía llegar hasta aquellos seres que no había visto nunca. En un instante bajó la cabeza, insertó el gran cuerno debajo del tronco, con un empuje tremendo lo levantó como si fuera una ramita y lo estampó a treinta pies de distancia.

Fabro intervino sin un temblor ni una expresión de terror.

—Es un rinoceronte —dijo mientras el gigantesco animal se abalanzaba a la carrera hacia la tienda.

—¡Varea, corre! —gritó Voreno—. ¡Vamos, vamos! ¡Arqueros! ¡Preparados para disparar!

Pero Varea no estaba. Parecía haberse desvanecido, y el coloso pisoteó una tienda vacía.

—¡Arqueros! —volvió a gritar Voreno—. ¡Disparad!

La voz de Varea resonó a sus espaldas, no obstante, como una epifanía en la luz de la aurora que se filtraba entre los troncos seculares de la floresta.

El grito detuvo a los arqueros por un instante, y el monstruo desapareció dejando tras de sí un fragor de ramas rotas, aullidos de otros animales y un revuelo de pájaros que se alzaban con agudos chillidos hacia el cielo.

Voreno se quedó desconcertado, inmóvil en el centro del claro, incapaz de creer lo que acababan de ver sus ojos, quieto en el punto donde había mandado instalar el pequeño campamento, ordenado los turnos de guardia y dado la contraseña, y donde había dormido junto a la mujer más bella que había conocido nunca, esa con la que había aprendido de manera instintiva a hacer el amor en el pensamiento y en el corazón y de la que se había enamorado profundamente.

El pintor de paisajes gritó a pleno pulmón, y lanzó al suelo los colores y los pinceles. Tendría que confiar en su memoria cuando se dispusiese a retratar aquella inmensa criatura.

Fabro se acercó a Voreno y Varea.

—Vi a ese monstruo en la arena hace cinco años. Hubo que construir expresamente primero un carro y luego la nave para transportarlo desde África, y una vez en la arena, tras el fracaso de diez gladiadores muy corpulentos, fue preciso abatirlo con los dardos de acero de tres catapultas. Parecía invulnerable. Hasta yo deseé que lo fuese.

Voreno no lo habría creído nunca capaz de un pensamiento tan elevado.

—Matar a una criatura tan maravillosa es una ofensa atroz —dijo Varea, usando en latín la palabra *atrox*— a la Antigua Madre, a la tierra engendradora de todos los seres vivos.

—Hubo otra situación análoga, hace mucho tiempo —dijo Voreno—, en la que se consumó un delito contra una criatura que nunca antes había existido sobre la faz de la tierra. Pero debemos partir hacia el campamento principal. Ya hablaremos por el camino. Aquí el entorno es muy peligroso.

Los ojos de Varea penetraron hasta el fondo de su corazón.

—Vosotros sois peligrosos —dijo—, sois mortíferos,

sois despiadados, sois los monstruos que han creado las armas.

—Pero también estamos arrepentidos —respondió Voreno con voz insegura.

—¿De qué situación hablas? —replicó Varea.

—Te lo diré esta noche —respondió Voreno—. Y también Fabro podrá unirse a nosotros. Sabe de qué quiero hablar.

Fabro asintió.

—Es una historia —comenzó diciendo Voreno— que se encuentra en muchas obras de los escritores antiguos. Además, hace referencia a ellos Silio Itálico, quien escribió un poema, acaso el más grande que se haya compuesto nunca en las letras latinas, que contaba la historia entera de los cartagineses, incluidas las tres grandes guerras que libraron contra los romanos.

»En la primera historia narra que el cónsul Atilio Régulo, a la cabeza de un poderoso ejército, desembarcó en África para atacar Qart Hadasht, que nosotros llamamos Cartago.

»Llegado allí ordenó levantar el campamento en la orilla del río Bagradas, pero no tardó en advertir que cuerpos enteros de la guardia desaparecían durante la noche. Evidentemente no tenían un cazador de bosque como el nuestro —dijo Voreno—, capaz de reconocer las huellas y saber qué animal las ha dejado.

»El cónsul pensó que se trataba de incursiones de los jinetes cartagineses que atacaban y desaparecían, pero no había rastro de caballos ni de hombres. Claro que el río sufría las crecidas que borraban cualquier huella. Fue necesario poner cebos, como una vaca o una oveja, apostarse entre la vegetación de las orillas y prepararse para encender flechas con las que iluminar el trecho de río en el que dejaron atados los animales-carnada.

»Finalmente algo agitó las aguas y un monstruo enorme, cubierto de escamas y con las fauces erizadas de dientes afilados, emergió de las olas y en pocos instantes hizo pedazos y devoró la vaca. La sangre tiñó de rojo el agua de un buen tramo.

»Pero el cónsul Régulo se dio cuenta de que ni los arqueros ni los lanzadores de jabalina habían infligido ninguna herida al monstruo. Era necesario usar la artillería: catapultas y ballestas. Un ejército de la República romana contra un animal solo. Lo nunca visto.

»Al final venció el ejército de Régulo —dijo Voreno con voz temblorosa—. Pero él mismo fue al encuentro de un final atroz cuando hubo de entregarse a los cartagineses:

> *... y este pareció casi*
> *como un castigo:*
> *como si la naturaleza*
> *vengar quisiera la muerte*
> *de una de sus criaturas*
> *para nosotros monstruosa,*
> *pero en todo caso admirable*
> *por su forma, tamaño*
> *e increíble potencia.*

Voreno había concluido su relato describiendo la muerte del monstruo según los versos de Silio Itálico, que llevaba consigo.

—Abandonaron el cadáver del monstruo —continuó— en la llanura para que se pudriese, no muy lejos del campamento del ejército. Su coraza de escamas se envió a Roma como trofeo y muchos la vieron en el templo de Saturno.

La muchacha salvaje había seguido su relato sin perderse una palabra. Voreno se volvió hacia la joven, iluminada ahora por el sol naciente.

Lágrimas grandes como perlas le resbalaban por las mejillas, como si hubiese oído describir la muerte de un hermano.

13

En Meroe, a Varea le impresionaron las pirámides en las que estaban enterradas las candaces, las reinas negras de la ciudad, construcciones más esbeltas y delgadas que las de la necrópolis de Menfis, como si imitaran las formas de las reinas. Avanzaron hacia el mediodía remontando el curso del río, por un territorio cada vez más poblado de vegetación y de animales salvajes, y, al cabo de tres días de navegación desde Meroe, llegaron a las inmediaciones de la sexta catarata, una de las pocas que eran navegables. El espectáculo era de tal belleza que quitaba el aliento. El río se extendía en anchura hasta los márgenes del valle por el que discurría. La parte más baja y más próxima a las aguas era de un verde brillante; la parte más alta era de roca desnuda, carente de una sola brizna de hierba.

Gracias a ese fondo rocoso, el agua allí era cristalina y potable, en apariencia.

Los cocodrilos, que preferían las aguas fangosas para ocultarse mejor, parecían ausentes. Por eso el comandante de la flotilla trató de aprovechar al máximo la profundidad del río allí donde podía navegarse, y solo después de que un ulterior avance se consideró peligroso viraron hacia la orilla occidental. Algunos de los bueyes estaban exhaustos y los habían sacrificado para alimentar a los hombres. Era preciso comprar otros para sustituirlos.

En aquel lugar el río parecía bifurcarse: uno de los dos brazos llegaba desde el oriente y el otro doblaba ligeramente hacia el occidente. Pero las aguas discurrían sin duda alguna hacia el septentrión. Pero ¿cuál de los dos era el Nilo y cuál era el afluente?

—Me encantaría que Séneca estuviese aquí —dijo Fabro—. Tendría preguntas que hacerle.

—Lo que no implica que él tuviera respuestas que darte —replicó Voreno.

Luego se volvió hacia Varea como si deseara preguntarle: «¿Por dónde hay que buscar las fuentes?». Pero la muchacha no parecía interesada.

—¿Por qué tu emperador quiere saber dónde nace el río? —dijo, en cambio, Varea.

—Porque es curioso: quiere saber por qué en Egipto el río desborda sus márgenes e inunda los campos, los cubre de limo y los vuelve fértiles. Si los campos son fértiles producen más grano, y el pueblo de Roma puede alimentarse con el pan. Si los romanos no tienen pan, buscan un culpable, de ordinario quien gobierna, que es el emperador. Y el emperador no quiere que lo odien. ¿Comprendes?

—Si no hubiera un emperador, quizá no habría necesidad de buscar las fuentes del río —dijo Varea con un esbozo de sonrisa.

Fabro, Voreno y algunos oficiales de los legionarios se miraron.

—¿Qué creéis que deberíamos hacer? —preguntó Voreno.

En un primer momento nadie respondió. Sin embargo,

poco después un legionario de la Quinta *Alaudae* dio un paso al frente.

—Sé que tenemos documentos relevantes —dijo—. Si llevamos a cabo una lectura exhaustiva, quizá descubramos las experiencias de otros viajeros por esta zona. O bien el intérprete consigue indicaciones de fuentes fiables sobre el itinerario que debemos seguir, o bien verificamos nosotros cuál de estos dos brazos del río es el más corto. El otro nos conducirá a nuestro destino.

Voreno asintió. Todas las opciones eran interesantes.

En la confluencia de los dos ríos había un poblado importante, de cabañas, que quizá un día crecería hasta convertirse en una ciudad.

—También Roma, centurión, cra una aglomeración de cabañas en sus orígenes, y luego creó el Imperio más grande de la tierra —dijo Asasas, el comandante de los legionarios mauritanos.

—Es verdad —respondieron otros compañeros suyos.

La discusión en la orilla del río prosiguió animada. Todos comprendieron que habían llegado hasta aquel punto sin excesivas dificultades porque el Nilo era una vía segura y fiable que aglutinaba y unía ciudades, grandes santuarios, monumentos colosales, canales y campos de cultivo. Pero todo cambiaba donde se hallaban, y una sola decisión podría poner fin a la empresa, al sueño de un emperador, a la determinación y la voluntad de un soldado que se había batido en todas las fronteras del Imperio.

¿Y Varea? ¿Hasta qué punto permanecería con él, con la empresa?

En aquel momento tenía los pies en el río y se deleitaba refrescándose.

—¿Te gusta? —le preguntó Voreno.

—Sí. Me pregunto dónde han caído las gotas de lluvia que ahora lamen mis pies, de qué nubes han caído. Y adónde irán, cuánto viajarán hasta llegar al mar.

Los rayos del sol que descendía atravesaron de reflejos de las aguas del Nilo los ojos verdes de Varea. Pero ¿cuál de los dos era el Nilo?

Voreno, como el resto de los centuriones y los legionarios, había comido carne de caza que compraron en los mostradores de un mercado improvisado que se formó al ver que llegaban tantos forasteros. Al día siguiente se presentó ante ellos un pequeño grupo de etíopes que pedían hablar con el jefe de la expedición. Iban vestidos con una especie de jitón de hojas de palma secas y entrelazadas, y tenían un pelo crespo y tupido que los protegía de los rayos del sol. No tardó en saberse que eran embajadores de su pueblo. Dos intérpretes nubios se les acercaron y hablaron con ellos durante un rato, para a continuación traducir a Voreno el mensaje de los etíopes:

—Nuestro rey, que en esta estación reside en este poblado, desearía verte con alguno de tus hombres.

Voreno respondió que él y sus hombres se sentirían honrados de conocer al rey y que, antes de la puesta del sol, comparecerían ante él.

Los embajadores se ofrecieron a conducirlos a presencia del rey, y en breve la pequeña embajada extranjera estuvo lista y presentable. Voreno y Fabro se habían puesto la túnica roja, la coraza segmentada y el casco con la cresta cruzada como correspondía a unos primipilos. Los seguían cuatro legionarios mauritanos con los cabellos rojizos, con el uniforme y la armadura reluciente, a caballo.

Pronto se agolparon muchas decenas de etíopes, hombres y mujeres semidesnudos, niños que miraban con asombro a esos hombres pálidos cubiertos con armaduras resplandecientes. ¿Quiénes eran?, se preguntaban. Los padres y los parientes trataban de explicarles que eran hombres que venían de muy lejos.

—¿Qué significa Nubia? —preguntó uno de los legionarios.

—Viene de una palabra del antiguo egipcio, *Nwb*, que significa «oro» —respondió Demetrio.

Voreno miró a su alrededor buscando a Varea, pero no la vio. Temía que hubiera huido. Le vino a la mente el documento del comandante Corbulo que había encontrado entre sus papeles y que Varea había visto, tras lo cual amenazó con matarlo.

Había recorrido con sus hombres miles de millas, superado seis cataratas del Nilo, y el pensamiento de los grandes del Imperio lo seguía y lo acosaba con la fuerza de la codicia del oro.

Finalmente se encontraron en presencia del rey, que se les presentó con el nombre de Uranga. Si bien era un soberano con autoridad sobre toda la Nubia meridional, su aspecto no tenía nada de regio. Semidesnudo también, estaba sentado en un trono de mimbre y flanqueado por dos guerreros que empuñaban sendas lanzas. El único adorno de Uranga era una gargantilla de cuentas de vidrio coloreado, quizá antiguas, pequeños regalos de algún mercader de Egipto o de Fenicia a cambio, tal vez, de huevos de avestruz pintados o de pieles de animales silvestres.

Agotados los cumplidos, el rey habló.

—Sabía de vuestra llegada y estaba ansioso por conoceros. Sois romanos... ¿Qué os trae tan lejos de vuestra tierra? He sabido también que con vosotros viaja una mujer de gran belleza y de gran fama.

Voreno se quedó muy sorprendido ante aquellas palabras. No esperaba que aquel hombre sentado en un trono de mimbre a miles de millas de Roma estuviera al corriente de su misión. ¿Cómo habían viajado aquellas noticias? ¿Cómo había llegado a aquel remoto rincón del mundo la fama de Varea?

—Está contigo ahora, ¿verdad? Algunos de mis guerreros la han visto caminar a lo largo del río. Cualquiera de los reyes de esta región, entre un río y otro, daría su reino con tal de verla desnuda, y sacrificaría un hijo propio varón para obtenerla como mujer. Pero no falta quien dice también que cualquiera que la posea será maldecido hasta el final de los tiempos. Por eso no te la pediré. No te envidio si la has hecho tuya. Te daré lo que pidas y te ayudaré a atravesar esta tierra infinita.

Voreno inclinó la cabeza como muestra de agradecimiento.

—Gran soberano, te doy las gracias por habernos recibido amablemente y con tanta gentileza. Te traigo los saludos de nuestro emperador, quien gobierna la mitad del género humano y te ofrece su alianza. La persona a la que te has referido está segura entre nosotros porque tengo conmigo a los mejores guerreros de nuestro Imperio. Tengo una sola petición que hacerte.

—Habla —dijo el rey.

—Nuestro emperador nos ha mandado a esta tierra inmensa para que encontremos las fuentes del gran río que todos llaman Nilo.

—Sé a qué te refieres.

—Ahora nos encontramos entre dos ríos que confluyen

el uno en el otro y no sabemos cuál de los dos es el Nilo. Tampoco nuestros guías lo saben, y no podemos volver ante nuestro emperador sin haber llevado a cabo nuestra misión.

»No haremos ningún daño, no perjudicaremos a ningún pueblo ni a sus habitantes. Mis hombres no molestarán a las mujeres porque están acostumbrados a obedecer y saben que si contravienen una orden mía los castigaré con severidad, incluso con la muerte.

El rey Uranga lo miró a los ojos en silencio durante un largo instante.

—Di a tu emperador que acepto su alianza —respondió al cabo—, pero comunícale que la próxima vez que quiera mandar guerreros a mi tierra deberá pedirme permiso. El río que buscáis recibe el otro por la ribera izquierda, esa en la que os habéis detenido y habéis levantado vuestras chozas.

»Si continuáis en esa dirección acabaréis en los territorios de otros reyes que no os conocen y pueden reunir miles de guerreros. Os ofreceré a uno de mis hombres para que hable con ellos. Los convencerá de que no lleváis intenciones agresivas y les pedirá que os ayuden para avanzar en vuestro viaje. Seguro que lo hacen, porque así saldréis de sus territorios cuanto antes.

El intérprete tradujo lo mejor que pudo, y Voreno dio las gracias al rey con toda la cordialidad de la que era capaz. Le entregaron parte del pescado seco que habían comprado para regalar al anciano de la Birsa y se encaminaron hacia el campamento. Se distribuyó la cena, consistente en carne de buey y de otros animales salvajes que los arqueros habían cazado durante la tarde.

Furio Voreno informó a sus compañeros del resultado

de su misión ante el rey Uranga, y estos se alegraron de que todo se hubiera resuelto pacíficamente. Varea todavía no había regresado, pero podían verla desde el campamento. Había trepado a una peña que despuntaba sobre un recodo del río y su forma perfecta se recortaba contra el disco céreo de la luna destacado claramente del perfil de las montañas.

Voreno, que no había tocado aún la comida, se dirigió hacia ella y subió a su vez a lo alto de la peña iluminada por el reflejo lunar en la superficie de las aguas. Se acercó a la joven y le cogió una mano, pero no sabía cómo comenzar a hablarle.

—Nuestro encuentro con el rey ha ido bien. Es una persona razonable e inteligente. Para él somos criaturas exóticas cubiertas de escamas metálicas que se pueden poner y quitar, pero ha comprendido que somos una pequeña fracción de una organización militar inmensa cuyo confín se encuentra a quince días de marcha hacia el septentrión.

Varea esbozó una leve sonrisa, pero la expresión de su rostro mostraba tristeza. Era evidente que un pensamiento constante dominaba su mente: la sensación de haber hecho algo prohibido.

—¿Qué te pasa?

—Estoy dividida entre dos fuerzas contrapuestas.

—¿A qué te refieres?

Durante largo rato Varea se sumió en un silencio cada vez más opresivo, tan solo roto por el estrépito lejano y apenas perceptible de la sexta catarata.

—De esas dos fuerzas contrapuestas, tú eres una. Una fuerza que podría combatir solo con las armas mientras duermes. Pero no puedo, no quiero, porque me siento atraída por tu voz, por tu mirada profunda, por el tacto candente de tus manos. La otra fuerza es una ley milenaria que es también el tormento que me doblega a mi destino. Nunca lo habría creído, pero esa ley milenaria arraigada en la noche de los tiempos, nunca violada, choca con otra ley que es la del cuerpo, de la naturaleza, del latido del corazón: el grito del coloso que llora.

Permanecieron en aquellos parajes durante algunos días más y se dedicaron por completo a la reparación de las naves, que habían navegado largo tiempo y habían resistido las corrientes de las cataratas. Revisaron los cascos, la dirección, la arboladura que sostenía las velas; también los remos y los escálamos, que en ciertos puntos eran indispensables para maniobrar y vencer la fuerza de la corriente.

El intérprete, que había conversado más largamente con otros hombres destacados del entorno del rey, había recopilado otras informaciones sobre las dificultades que encontrarían al avanzar hacia el mediodía. Habló de ciénagas casi imposibles de atravesar, infestadas de cocodrilos, serpientes e hipopótamos, donde era preciso usar embarcaciones muy ligeras y frágiles, y habló de cumbres altísimas llamadas montañas de la Luna. El intérprete nubio no fue capaz de ir más allá en sus descripciones, pero Voreno, Fabro y sus oficiales quedaron de todos modos satisfechos con su relato, y contaban con tener, además, otras noticias que probablemente recabarían a lo largo del itinerario.

Terminadas las operaciones de reparación, Voreno reunió a los responsables de cada grupo para hacer un balance de la situación y del programa de marcha. Ya habían constatado que en los documentos en latín que tenían no había nada que pudiera serles de ayuda. Se decidió, por tanto, confiar en los informadores indígenas que encontrarían por el camino, y todos fueron a acostarse, dada la jornada fatigosa que los esperaba al día siguiente.

A media noche uno de los legionarios se acercó al centinela de la tienda de Voreno, que hacía las veces de pretorio, y le dijo algo en voz baja. El centinela avisó al comandante e hizo entrar al legionario.

—¿Qué sucede? —preguntó Voreno, que despertó con un sobresalto.

—Un hombre pide hablar contigo, ahora, a solas.

—¿Quién es?

—Está oscuro, es difícil reconocerlo. Me ha parecido un militar. Diría que es un oficial.

—¿Dónde está?

—Debajo del gran árbol que hay a cien pasos pasado el cuarto puesto de guardia. Si ves que hay algo raro, llegaremos en un momento.

—No te preocupes. Me las arreglaré.

Voreno se atuvo a las instrucciones del legionario, que de todos modos lo seguía de lejos. Divisó una forma oscura junto al gran árbol y se acercó.

—¿Quién hay? —dijo.

—Un viejo amigo.

—¿La contraseña?

—*Veniunt*.

—¿Flavo? No me lo puedo creer. Te hacía en Roma.

—Pues, como ves, estoy aquí.

—¿Cuál es el motivo?

—El mismo que has buscado desde que partiste. Yo soy el espía.

14

Voreno enmudeció durante unos instantes al oír aquellas palabras.

—¿El espía? —preguntó a renglón seguido—. Pero ¿qué estás diciendo? El espía debería haber partido con nosotros.

—Os seguí y llegué hasta Elefantina.

—Es verdad. Cenamos juntos en una pequeña taberna. Y me quedé muy impresionado por tu confianza en mí. Fue una gran demostración de amistad.

—¿Por qué? —preguntó Subrio Flavo.

—Porque, refiriéndote a la situación actual de nuestro Estado, dijiste: «Nos queda todavía una esperanza». Ahora bien, la esperanza no puede ser más que una sola y pensé que me pondrías al corriente, y esa era sin duda una demostración de amistad. Luego apareces de improviso y confiesas que tú eres el espía. Pero tampoco ahora creo que lo que haces sea en perjuicio mío.

—Al contrario —repuso Flavo.

—¿Y por qué me has hecho una revelación de semejante importancia a estas horas de la noche y en este lugar remoto? ¿Y cómo has llegado hasta aquí? No habrás caído del cielo, imagino.

—Lo sabrás si tienes la paciencia de escucharme robando otras horas preciosas al sueño.

—Será mejor que nos sentemos, entonces. Me temo que se nos hará de día, si no he entendido mal. Pero antes de empezar, haz que comprenda. Encontrarte aquí a esta hora de la noche era lo último que me esperaba.

Se sentaron en el tocón de un gran árbol partido por un rayo.

—¡Es evidente que no he caído del cielo, por Hércules! —dijo Subrio Flavo—. He llegado. Después de que nos hubiésemos encontrado en Elefantina cambié de rumbo. Puse proa hacia el septentrión...

—Es decir, volviste atrás.

—Exactamente.

—¿Y por qué?

—Para llegar en breve tiempo a Meroe, pero sin desmontar mi nave.

—Ah, ¿sí? ¿Y cómo te las ingeniaste para pasar la sexta catarata?

—No la pasé. Toqué tierra y amarré la nave. Luego marché con tres de los míos y, aguas arriba de la catarata, tomé un bajel mucho más ligero que hice preparar por unos pescadores nubios que hacían el mismo recorrido cada siete días. Para sus embarcaciones no hay ningún problema, ni siquiera para pasar la sexta catarata. Y aquí me tienes. A la vuelta haré lo mismo en sentido inverso.

—¿No temes que Nerón acabe enterándose de estas idas y venidas tuyas? Ese no se deja impresionar por tu cargo de tribuno de la guardia pretoriana. Es un monstruo despiadado y cruel. Ordenó matar a su madre, la hija de Germánico, y ella... ella ofreció el vientre que lo había parido a los sicarios de Nerón para que se lo traspasaran con sus hojas afiladas.

—Lo sé —replicó Subrio Flavo.

—¿Y cuál será tu modo de actuar? ¿De qué lado estás? ¿A quién piensas espiar? ¿Qué informaciones secretas harás llegar a la corte imperial?

—Mi encargo es espiarte a ti y a tus hombres. No debías de sospechar nada, dada nuestra vieja amistad. Pero mi intención es otra y te lo he demostrado. No he de espiar a nadie. Me basta con ponerme de acuerdo contigo sobre lo que referir a Roma.

—No es tan fácil, Flavo. Tendrás hombres contigo, que muy probablemente podrían estar apostados aquí, en la selva, en este momento. ¿Cómo puedes fiarte de ellos?

—Existe un vínculo de sangre entre nosotros. Son nietos del hombre más extraordinario que he conocido: el senador Clodio Trásea Peto, el único que se ausentó del Senado cuando todos sus colegas se presentaron para congratularse con Nerón porque el peligro había pasado. ¿Y sabes quién era el peligro? La madre del emperador, Agripina, acusada de tramar una conjura contra él.

»Cuando se pidió a Nerón la pena de muerte para el pretor Sosiano por haber compuesto unos poemas que denigraban, o quizá solo criticaban, al emperador, y el Senado la confirmó por considerarlo un delito de lesa majestad, fue también Clodio Trásea Peto quien obtuvo, con su excepcional oratoria, simplemente el destierro para Sosiano. Los tres hombres que han venido conmigo están todos, como yo, por lo demás, dispuestos a morir por él si fuera necesario.

»Trásea Peto no se ha presentado en el Senado durante los últimos tres años y eso se considera una actitud subversiva… Dicen que celebra en su casa los aniversarios de la muerte de Bruto y Casio.

—Yo llamaría a esos sentimientos «republicanos» —replicó Voreno—. Sentimientos que serían susceptibles de pena de muerte.

—Sin lugar a dudas. Incluso por mucho menos.

—Pero satisface mi curiosidad, amigo mío… Estamos aquí, en el corazón de la noche en esta espesa selva, como si tuviéramos que revelarnos secretos delicadísimos, y, en cambio, hablamos de hombres virtuosos… Para eso, podríamos estar sentados en mi tienda delante de un vaso de vino, ¿no te parece?

—Hay una razón, obviamente. Tú y yo somos soldados, llevamos armas y somos los primeros servidores del Estado. Por desgracia, el Estado no solo falta a sus deberes, sino que además los viola, los pisotea, los humilla. Antes o después nuestros enemigos, tanto los de dentro como los de fuera, se darán cuenta de que los principios y las reglas que nos han hecho grandes solo existen ya en pocos hombres honestos y valerosos. Como tú.

—Me honras demasiado. Sin embargo, si un amigo te considera su confidente y te hace comprender que necesita su apoyo, no puedes sino aceptar.

—¿Sabes por qué te han mandado a esta misión? ¿Por qué han empleado a los hombres mejores en esta expedición?

—Para encontrar las fuentes del Nilo.

—El verdadero motivo era otro. ¿Sabes qué significa en la lengua egipcia antigua la palabra *Nubia*? «Oro», significa «oro». Me lo explicó un viejo sacerdote del templo de Tebas.

—Continúa —dijo Voreno.

—En el templo de los Tolomeos, en una zona más allá de la línea divisoria entre Egipto y Nubia, había una ciudad llamada Berenice Pancrisia, que significa «toda de oro». Este debía de ser el objetivo de tu expedición, la conquista de una nueva y extensa provincia riquísima en oro.

—Pero ¡cómo…! ¿Yo con doscientos hombres?

—No, probablemente su intención era que llevases a cabo un reconocimiento.

—¿No es que tú recibieras disposiciones muy precisas? Si no de Nerón… ¿de Corbulo, tal vez?

—No, que yo sepa —dijo Flavo—. De todos modos, luego, como no ignoras, el emperador cambió de idea. Esperemos que pueda cambiar de idea en muchas otras cosas. Un hombre muy joven, que de repente tiene en las manos un poder absoluto sobre todo el mundo, lo ejercerá para lo bueno pero también para lo malo. Yo y otros como yo queremos encontrar hombres valerosos, honestos y leales capaces de ayudar y aconsejar al príncipe a ejercer su inmenso poder por el bien del Estado y del pueblo. Tu gran prestigio de héroe del Imperio, de gran soldado, podría ser muy valioso para lograr que sabios como Séneca y los valientes como tú se arriesguen a apartar a los malvados, los aduladores, los aprovechados y los sanguinarios. Pero basta ya de estos pensamientos… Lo que cuenta es el éxito de la empresa. Y esta podría también alcanzarlo.

Flavo dio a Voreno un fuerte abrazo y unas palmadas en el hombro.

—¿Y la muchacha salvaje? —le dijo con una amplia sonrisa—. ¿Está aún contigo? ¿Ha conservado la virginidad? Por lo que a mí atañe —añadió sarcástico—, me asombraría lo contrario. He visto las tetas desnudas de las mujeres egipcias, y pienso en las de Cleopatra, que sedujeron a un César cargado de gloria y de poder... Ella hizo de él lo que quiso. Las mujeres son la fuerza de las hembras ancestrales, crean la vida que aman; nosotros, la muerte que nos aterra.

—Basta ya, amigo mío, debo descansar un poco antes de partir de nuevo. Tú, imagino, tendrás que regresar a tu base, donde te llegan las noticias y salen a su vez hacia un destino desconocido.

»Yo he de encontrar el origen del Nilo y volver para informar. Estoy escribiendo un diario que documenta nuestra empresa, y lo acompañaré con dibujos del pintor de paisajes, quien ya hizo una pintura de la muchacha salvaje en Numidia.

—Lo sé. Esa pintura pasó antes por mis manos. Y recuerdo todo lo demás: vuestro viaje a Roma, el empeño de Nerón por verla y ella en la arena contra los gladiadores. Y tú recuerda nuestro acuerdo, centurión: te necesitamos.

Poco después el tribuno de cohorte pretoriana Subrio Flavo no era más que una sombra oscura erguida en un bajel que se dirigía hacia el septentrión a lo largo de la corriente del Nilo, cortando con la quilla la franja plateada que la luna dibujaba en el río.

Voreno suspiró y regresó al campamento. En la selva percibía mil ojos que lo miraban, oía susurros, aleteos repentinos que despertaban otros, gruñidos sordos que no habría sabido identificar pero que le erizaban el vello de los brazos y las piernas. Pensaba en Varea, que desde hacía tiempo parecía ausente, y sentía en el pecho un vacío profundo y doloroso.

De repente, bajo la claridad lunar, surgió de la espesa

vegetación una criatura que no había visto nunca. Tenía las listas de una cebra pero solo en las ancas, el resto de su cuerpo era de un pardo reluciente como el de un caballo. Sus patas eran de un color parecido, si bien estaban rodeadas de blanco. Su cuello era largo y pardo también, y en la cabeza tenía unos ojos grandes inmóviles, atónitos. Se diría que era una broma de la naturaleza. Cómo le habría gustado a Voreno tener a su lado en ese momento al pintor de paisajes. Ver a ese animal lo convencía de haber franqueado el límite que separaba el mundo conocido del desconocido.

Ya en las proximidades del campamento vio a distancia a los centinelas en sus puestos, con la armadura reglamentaria. Roma estaba también allí.

Amanecía.

15

Desde la partida de Subrio Flavo, tras la larga noche en vela en la selva, Voreno había cambiado profundamente. Su relación con Varea era otra, como lo era también su relación con la naturaleza que lo rodeaba y con la patria a la que había servido siempre con dedicación absoluta, cada vez más lejana y en cierto sentido extraña, teatro de horrores, de traiciones, de violencias monstruosas, de venenos letales.

¿Qué otro sentido tenía su empresa? ¿El de demostrar o de refutar conceptos e hipótesis de los sabios al precio de pagar riesgos elevadísimos, no inferiores a los de la guerra?

El rey etíope Uranga, a quien habían conocido en la confluencia de los dos ríos, uno de los cuales era en verdad el Nilo, le había advertido acerca de las vastas ciénagas que encontrarían, prácticamente insalvables, pero, por otro lado, les había entregado credenciales para otros reyezuelos de aquellas tierras.

La expedición, por tanto, prosiguió hacia el mediodía al haber montañas al oriente, y en su avance se encontraron con los primeros de los reyezuelos para los que tenían mensajes orales que los intérpretes que los acompañaban habían aprendido.

Uno de los reyes, a su vez, tenía un mensaje para ellos. Sorprendentemente, era de...

El día de las calendas de mayo

Subrio Flavo, tribuno de la Sexta cohorte pretoriana, a Furio Voreno, centurión de la Decimotercera legión *Gemina*. ¡Salve!

Nunca olvidaré la noche que pasamos en la selva hablando de los destinos de la patria y en la que te consideré el héroe que necesitamos. Te ruego que reflexiones sobre mis palabras y que, cuando llegue el momento, tomes la decisión acertada.

Sé que todo se cumplirá. En parte está cumpliéndose. La contraseña es la misma que te di para proteger a Varea. Cambia solo la persona del verbo: es primera del plural en vez de tercera.

Cuídate.

Las palabras de Flavo fueron motivo de alegría para Voreno porque el sistema de comunicación funcionaba y hacía que se sintiese menos solo, y eso que los reyezuelos hicieron todo lo posible para ayudar a la expedición de los extranjeros.

Visitaron a otros de aquellos pequeños reyes, pero las dificultades de comunicarse eran cada vez mayores. El último, sin embargo, les facilitó una información importante sobre el paso de la gran ciénaga. Se ofreció también a prestarles unos búfalos de agua, que serían capaces de tirar de los carros y que intercambiaron por sus bueyes. Conservaron los caballos, que mantenían atados al travesaño posterior de los carros.

La ciénaga era una extensión enorme de aguas estancadas que nutrían miles de plantas de todo tipo. En esa vegetación había bandadas de pájaros, y también buitres que se alimentaban de los restos que dejaban los depredadores que infestaban las aguas: cocodrilos, en especial, pero también serpientes de muchas especies. Muy peligrosas eran las fiebres que las sanguijuelas transmitían, que el médico de la expedición, un liberto griego llamado Heliodoro, trataba de curar con apósitos de hierbas de la selva o con hojas que calentaba en el fuego. También Demetrio, el liberto de Flavo, cayó enfermo y se temió que no saldría de aquella. Con otras fiebres malignas no hubo nada que hacer y dos de los hombres de Voreno no sobrevivieron.

Solo los hipopótamos mantenían alejados a los cocodrilos porque tenían crías y las defendían a ultranza. Voreno vio a una hembra con las fauces muy abiertas seccionar en dos a un cocodrilo que se acercaba a uno de sus cachorros. Pero cuando los hipopótamos comenzaron a disgregarse Fabro ordenó a los artilleros que armaran un par de ballestas, únicas armas que podían penetrar la coraza de los cocodrilos con sus dardos de hierro templado. La ciénaga se cubrió varias veces de amplias manchas rojas.

Los hombres empezaron a acusar pesadamente el cansancio. Tenían la moral por los suelos. De vez en cuando el cielo se nublaba, se veían enormes cúmulos a los que seguía el retumbo y luego el crepitar ensordecedor de los truenos. Entonces se abrían las cataratas del cielo y nadie podía defenderse de la lluvia intensa. Por la noche el cansancio se volvía insoportable, pero no había un palmo de terreno seco en el que instalar el campamento y plantar las tiendas. Se acomodaban como podían en los carros. Eran soldados, pero precisamente por ello estaban acostumbrados a dotarse de todo aparejo que pudiera permitirles un reposo apenas confortable después de una jornada durísima de marcha o de combate.

Los guías, los intérpretes y un par de cazadores de bosque les habían proporcionado pequeñas embarcaciones ligeras con el fondo plano capaces de vadear aguas de escasa profundidad. Instalado en la proa de cada una de ellas, un indígena blandía un gran cuchillo para cortar la vegetación exuberante e invasiva que poblaba todos los recodos de la ciénaga. Alguno de ellos pescaba con la jabalina o con las flechas, y algunas noches, si encontraban un trozo de terreno libre de vegetación, asaban pescado y también moluscos del tamaño de una mano.

Varea remaba sola en su bajel, a la cabeza de las otras embarcaciones que avanzaban en una única fila, porque era tan hábil como el guía.

Pero la vegetación era cada vez más frondosa y extensa. Si en un par de días no encontraban un paso viable tendrían que volver atrás.

A Voreno le habría gustado estar junto a Varea para echarle una mano, pero sabiéndose responsable de sus hombres se había puesto al lado de Fabro, que maniobraba una especie de plataforma que había preparado para su modesta pero eficaz artillería.

De repente la embarcación de Varea osciló notoriamente primero de un lado y luego del otro. No podía haberse encallado, así que debía de haberla golpeado un animal, con tal fuerza que la hizo volcar. Varea, que había caído al agua, trataba de ganar la estrecha orilla, pero el fondo legamoso le impedía hacer movimientos rápidos. Detrás de ella el agua rebullía amenazadoramente. Voreno estaba demasiado lejos para acudir con la rapidez necesaria, y la ballesta ya cargada de Fabro no podía disparar sin correr el riesgo de herir a la muchacha. Voreno estaba desesperado, pero no podía hacer nada: Varea distaba al menos cincuenta pies.

En ese instante un negro gigantesco surgió de una planta colosal. Iba armado con un garrote herrado, y se abalanzó sobre la bestia, un cocodrilo, que había volcado la embarcación de Varea. El hombre alzó el garrote y de un golpe destrozó la cabeza al reptil. Luego cogió a Varea por la mano y la arrastró hacia la espesura del bosque. En pocos instantes ambos habían desaparecido.

Voreno se sintió inútil y frustrado de repente. Por un lado, estaba aliviado porque Varea había escapado de aquel terrible peligro. Pero su salvador la había raptado.

En el ángulo en el que flotaban los fragmentos de la embarcación y el cadáver del cocodrilo, Voreno convocó un reducido conciliábulo para tomar una decisión. El cazador de bosque dijo a los intérpretes que si los dos habían desaparecido en esa dirección era, evidentemente, porque el Hércules negro conocía un paso. Añadió que podría identificar la dirección si seguía las huellas.

El bosque palustre en la zona por la que avanzaron no era menos espeso que el resto de la selva, pero el cazador percibió una leve corriente, señal de que la ciénaga descargaba de algún modo en cierta dirección parte de sus aguas.

Pasaron varios días con sus noches en los que los hombres, atravesando terrenos más practicables, podían tomarse un rato de descanso agrupados uno contra otro. El nivel del agua disminuía paulatinamente y en ciertos puntos llegaba apenas por encima de los tobillos. También se aclaraba la vegetación, porque el fondo se volvía más duro y en algún tramo era rocoso. Al cabo de unos días Voreno vio un claro y distinguió un modesto relieve del que, sin embargo, se intuía el vértice. Se encaminó en esa dirección y, al mismo tiempo que el guía, el intérprete y Fabro, llegó a lo alto de la colina. Amanecía, y los rayos del sol laceraban objetos muy lejanos, pero resplandecientes cual diamantes.

—¿Qué son? —preguntó Voreno.

—Montes —respondió el guía.

—¿Por qué brillan de ese modo?

—Porque sus cimas están cubiertas de nieve y hielo.

—¿En julio? —añadió Voreno, siguiendo el pensamiento de Fabro.

—Sí. Aquí la estación no marca la diferencia —dijo el guía—. Sé de hombres que han subido hasta donde comienza el hielo y lo han visto siempre empezar en el mismo punto. Decían que cuanto más se subía mayor era el frío.

—¿Por qué? —preguntó Fabro como un niño lleno de curiosidad.

—No lo sé —respondió el guía.

—¿Y cómo se llaman? —quiso saber Voreno.

—La gente que vive en esas laderas las llama «montañas de la Luna».

—¿Por qué? —repitió Fabro.

—No lo sé. Pido al primer intérprete que hable con el segundo, el segundo hablará con el tercero y veremos si hay una explicación.

Terminada la consulta, el tercer intérprete explicó que cuando había luna llena los montes cubiertos de nieve reflejaban su luz y también su forma, en determinados momentos.

—¿Eso es todo? —preguntó Fabro.

—Eso es todo. Y no es poco. ¿Tienes idea de dónde estaremos cuando alcancemos los pies de esas montañas? —preguntó Voreno.

—No, no tengo idea.

—Creo que en los confines del mundo —respondió Voreno—. ¿Has notado dónde está el sol a mediodía? ¿Has medido tu sombra? Si leyeras este libro te darías cuenta —concluyó, y le mostró un rollo de papiro empapado de agua y sucio de algas putrefactas.

—No puedo leerlo bien. ¿Qué es? —preguntó Fabro.

—Una colección de reflexiones de los filósofos más ilustres que han estudiado la naturaleza. Incluido nuestro Séneca, que ya en su juventud estudió los terremotos.

—No necesitamos a los filósofos. Si fueran necesarios, el emperador los habría mandado con nosotros. Tratemos de dar con esas malditas fuentes del Nilo y volvamos a casa. Los hombres no pueden más, y yo tampoco. Ni tú, quizá. Pero ¿tienes idea de dónde está el río ahora? Yo no sé dónde estamos.

—Esa ciénaga interminable —replicó Voreno— nos ha hecho perder la orientación, pero el Nilo debe de encontrarse a nuestra derecha...

—Nos ha hecho perder mucho más que eso —dijo Fabro.

—Déjalo estar, por favor —le pidió Voreno, y era evidente que esa pérdida constituía para él un daño insoportable—. ¿Quién podía imaginar lo grande que era esta tierra? —continuó—. Hasta ahora llevamos seis meses de navegación y de marcha. Y quién sabe cuánto se extiende aún.

—¿Y Varea? —preguntó Fabro—. Después de haber hecho de todo para mantenerla con nosotros... ¿la dejamos escapar así como así?

Voreno agachó la cabeza en silencio. Avanzaban ahora por la llanura y de vez en cuando se encontraban con alguna aldea. Los adultos vigilaban su ganado mientras este pacía empuñando en todo momento una lanza, para defenderse tanto de los leones y de las hienas como de los eventuales depredadores que habitaban aquellas tierras. No parecían muy curiosos, salvo por los caballos, que evidentemente no habían visto nunca. De seis que eran habían quedado cuatro, y los montaban los oficiales y los *fabri*, los técnicos que manejaban la artillería y se encargaban del mantenimiento de las armas. No se habituarían nunca a la presencia de las fieras ni a su olor salvaje, y a menudo se encabritaban.

Tras el decimosegundo día de marcha avistaron un río. No dudaron en que era el Nilo, y empezaron a seguirlo. A medida que avanzaban, no tardaron en percatarse de que el río se estrechaba en su cauce pero aumentaba en cuanto a rapidez.

Voreno preguntó al cazador de bosque dónde podían estar la muchacha y el coloso negro que le había salvado la vida, pero no obtuvo una respuesta satisfactoria. Pensaba, sin embargo, que si hacía una batida con los caballos quizá los interceptaría. También se preguntaba qué pensaría Varea y si lo había olvidado. Contaba los días y los meses que había estado con ella, ayudándola, enseñándole a moverse en un mundo que le era completamente extraño.

Al final el cazador de bosque aceptó hacer la batida, pero no sabía montar a caballo y hubo que adiestrarlo en lo indispensable. Después de cuatro días de adiestramiento pareció que el inexperto jinete estaba preparado para llevar a cabo el reconocimiento. Entonces Voreno hizo instalar el campamento y levantar las tiendas, y prometió a sus hombres regresar antes de que la noche cayera.

Partieron hacia el oriente, como indicaba el cazador. Voreno y Fabro se pusieron a la cabeza de sendos grupos de dos hombres y comenzaron a describir dos amplios círculos, uno con un diámetro mayor que el otro, para tener así más posibilidades de interceptar a Varea y a su salvador. La batida pareció tener éxito cuando el cazador de bosque dio la señal de detenerse, saltó a tierra y observó las huellas de dos personas que caminaban descalzas, probablemente un hombre y una mujer. Propuso seguir en esa dirección. El hombre debía de pesar el doble que la mujer por las huellas que dejaba, pero no fue posible localizarlos. Se acercaba además la noche, y no era prudente dar vueltas por el bosque a caballo. Por otro lado, si Voreno se hubiese encontrado con el Hércules negro ¿qué habría hecho? ¿Habría desenvainado su gladio contra el garrote que había destrozado la cabeza de un cocodrilo? ¿Y Varea? ¿Habría asistido al enfrentamiento de los dos hombres que la amaban? Regresaron al campamento al anochecer, y Voreno hubo de reconocer que se alegraba de no haber encontrado a Varea y a Mamun, si es que eran ellos. Cualquier cosa que hubiera sucedido habría sido perjudicial o, en cualquier caso, dramática. Se dijo que se habituaría a la ausencia de Varea después de un período doloroso, muy doloroso. Pero era justo que ella viviera en su tierra, igual que un día también él volvería a Roma o a otra parte del Imperio.

Nadie hizo ninguna pregunta a los dos centuriones. Tampoco el pintor de paisajes, que admiraba encantado la luna de plata que asomaba por las cadenas montañosas.

Reanudaron, pues, la marcha acercándose cada vez más a la mayor de las montañas de la Luna, que tenía dos cimas altísimas cubiertas de nieve y hielo y las laderas cubiertas de árboles con cabelleras de color verde oscuro. Entrada la noche Voreno salió impulsado por un sentimiento repentino, una memoria olvidada, y se encontró en medio de la explanada en la que había instalado el campamento.

De lejos llegaba el canto del chacal y el reclamo de las grullas. Voreno alzó los ojos y vio el cielo tachonado de millones de estrellas. La luna se asomaba apenas por la cresta de la montaña y no restaba brillo a las estrellas. Se acordó de la constelación de Orión del reverso del medallón de Varea y de que le había explicado la historia mitológica de Orión, nacido de la orina de Zeus y de Mercurio. La había hecho sonreír. Pero su mirada se detuvo en el can de Orión que se arrojaba sobre Cáncer. Esa conjunción provocaba las crecidas del Nilo y este se desbordaba por los campos. Así lo creían los poetas y los filósofos. Le vino a la mente Séneca y su sobrino Lucano, quien a menudo se inspiraba en las investigaciones de su tío. Pero no solo eso: Orión lo llevó a pensar en Júpiter y Mercurio. Uno evocaba el poder absoluto como el de Nerón, que había ordenado aquella expedición; el otro, la riqueza y el oro oculto en las entrañas de la tierra. Aquel oro por el que alguien podría esclavizar a los pueblos de África, según las palabras secretas que habían indignado a Varea.

Al día siguiente Voreno, que había hecho secar los papiros vírgenes, comenzó a redactar en ellos la parte más reciente de su diario.

Escribió también una pregunta: «Pero ¿de verdad esta conjunción hace que las aguas del Nilo se desborden y fertilicen la tierra para sembrar luego el grano?».

En realidad, debía de haber otro motivo: ¿por qué los etíopes de la *Gavia* se habían postrado ante Varea al ver su medallón? Se acordó de que, en un tubo de madera sellado con cera en el primer carro estaba la reproducción de la imagen aumentada del medallón conservado en la gran biblioteca de Alejandría.

Estaba demasiado inquieto para acostarse y fue a buscar el tubo de madera al carro. Por suerte estaba en su sitio y no se había echado a perder al atravesar la ciénaga. No solo la cera había sellado el cierre, sino que la madera resinosa lo había vuelto completamente impermeable. Abrió el tubo, encendió algunas lucernas y estiró el rollo, que contenía otros dos: el primero representaba el medallón; el segundo, enrollado en su interior, contenía el mensaje de Corbulo que había hecho indignar a Varea con la que podía ser su traducción en griego, mientras que el tercer rollo contenía otro texto que comentaba en griego el dibujo del medallón.

Lamentablemente Voreno no conocía el griego, más que algunas palabras. Pensó en Demetrio, el liberto griego de Flavo. De hecho, era el único capaz de leer y comprender ese documento. Sin embargo, estaba en pésimas condiciones ya que las fiebres malignas que había contraído al atravesar la gran ciénaga no se le habían pasado y podía morir en cualquier momento. ¿Dónde había un hombre que supiera griego?

—¿Dónde lo encuentro? —exclamó en voz alta.

Oyó una voz a su espalda:

—¿Necesitas ayuda?

Era Asasas, un legionario mauritano de cabello rojizo.

—Me temo que no puedas ayudarme.

Luego se volvió hacia Heliodoro, el médico.

—Tú eres griego, ¿no?

—Sí, pero no lo hablo desde hace años, y si debo leer un texto complejo, no me veo capaz.

—Aquí me tienes —dijo Asasas, y se apoyó las puntas de los dedos en el pecho—. Formé parte de la guardia de la gran biblioteca y allí el griego era obligatorio.

—¡Que los dioses te bendigan! —exclamó Voreno—. Acércate.

Extendió en el suelo los tres rollos y los fijó con unas piedras.

—¿Sabes también leer?

—Sí, por supuesto.

—Entonces, lee esta carta. Creo que puede ser la versión griega del mensaje del comandante. Yo te seguiré en la versión latina.

Comenzaron a leer de concierto y avanzaron lentamente, hasta que Voreno se detuvo.

—Tengo la impresión de que en griego esta frase es distinta, ¿o me equivoco?

—No te equivocas, centurión. En latín has leído «el oro que hay en cantidad en las entrañas de la tierra».

—En efecto. El texto en griego, en cambio, ¿qué dice?

—Dice «un enorme tesoro bajo tierra», y da las referencias: están aquí, en el comentario del medallón.

—¿Estás seguro de lo que dices?

—Segurísimo. ¿Y ves las líneas del medallón que enlazan estas estrellas con un punto de la tierra?

—Lo veo.

—No lo ves en absoluto, centurión, solo te lo parece. Para verlo deberíamos subir a ese monte —explicó, y señaló la montaña ciclópea a su derecha con las dos cumbres—. Es allí adonde debemos ir mañana y esperar que caiga la noche.

16

Voreno, uno de los guías, otro de los legionarios mauritanos y el pintor de paisajes estaban ya en pie antes del amanecer. Voreno llevaba al hombro el cilindro de madera que contenía los tres rollos con el texto de la carta de Corbulo en latín y en griego, el comentario al dibujo aumentado del medallón y la reproducción del propio medallón. Enseguida llegaron Fabro, Asasas y otro de los guías, quienes se unieron al resto para escuchar el plan que Voreno estaba a punto de exponer.

Primero desplegó la reproducción del medallón.

—Ante todo, esta ampliación tiene sin duda un significado, que debe de ser muy importante. El de la constelación de Orión y estas dos líneas del cinturón que, según los sabios de la biblioteca, se cruzan en un punto preciso en la llanura, solo en esta estación y en este lugar. El segundo grupo se dirigirá hacia el mediodía teniendo el sol naciente a su izquierda. Cuando nosotros estemos en el punto crítico en la ladera de la montaña haremos una señal con el espejo que veis apoyado contra ese carro. Luego Asasas tratará de localizar el cruce de las dos líneas en el terreno y lo hará cuando esté a oscuras. Necesitaremos de toda la suerte del mundo, más que la que hasta ahora nos ha asistido.

Los dos grupos partieron, cada cual en la dirección indicada. No era aún la hora del alba y la luna llena iluminaba el camino. Las estrellas, una tras otra, iban apagándose.

El grupo de Voreno llegó a los pies de la montaña al cabo de unas nueve horas de marcha y turnándose los tres caballos que llevaban consigo. Luego comenzaron a ascender la ladera del gran pico nevado. La parte inferior de la montaña estaba cubierta de vegetación, de plantas de todo tipo y forma. Encontraron varios riachuelos que descendían a lo largo de las pendientes y que debían de dirigir sus aguas hacia el Nilo o a uno de sus afluentes. A medida que subían, el boscaje se hacía cada vez más espeso, y en el horizonte hacia el mediodía-occidente se veían otros montes lejanos, menos altos que la montaña a la que se enfrentaban, pero impresionantes por la mole, por las coladas bermejas que estriaban sus pendientes y las nubes de humo altísimas que se alzaban desde las cimas.

—Volcanes —dijo Voreno, que había visto en Italia el Vesubio, el Etna y otros aún que surgían del mar.

—Cuidado, a vuestra izquierda —dijo de repente el legionario mauritano en voz baja—. Mirad sobre esas plantas. No hagáis ruido, manteneos detrás del primer caballo y cubridle el morro con un pedazo de tela de manera que no pueda relinchar.

Los demás, incluido Voreno, hicieron lo que se les pedía y no tardaron en comprender el porqué. Sobre las plantas y también entre los arbustos había unas criaturas gigantescas, nunca vistas. Se asemejaban a seres humanos monstruosos con unos brazos enormes que les permitían dar saltos increíbles de una planta a la otra. Debían de tener unos brazos y un pecho muy poderosos. Eran machos, sin duda, que se enfrentaban dándose golpes en el pecho y este resonaba como un tambor para desafiar o atemorizar a los adversarios. Las hembras eran fácilmente reconocibles por el pelo más largo y por las crías que sujetaban en brazos.

Voreno, mediante signos y sin alzar la voz, indicó a todos que retrocedieran y buscaran otra vía para el ascenso. A la puesta del sol llegaron hasta el punto más allá del cual no podrían ver a sus compañeros de la llanura, y tampoco estos a ellos. El espejo que habían amarrado al resto de la carga de uno de los caballos captó los rayos solares y los reflejó hacia el punto en el que, según el legionario del Atlas, los rayos de las estrellas del cinturón de Orión se cruzarían tocando tierra.

Pronto el sol se puso con rapidez, pero los compañeros que estaban en la llanura tenían que haber visto la señal del espejo y responder en breve. Al cabo de un par de horas, en efecto, abajo se encendió un fuego cuya luz se desvió varias veces hacia el punto desde el que habían surgido los reflejos del espejo de Voreno.

—¡Son los hombres de Fabro! —exclamó Asasas—. ¡No andaba equivocado! Allí está el tesoro inmenso que refiere la carta en griego.

Pero Voreno meditaba y reflexionaba. Ninguno de ellos era astrónomo, aunque los signos en la gran reproducción del medallón los hubieran trazado las mentes más sabias de la biblioteca y del museo. Y cuanto más reflexionaba, más escéptico se sentía acerca del resultado de su aventura y del escaso ingenio de un grupo de humildes soldados. Cuánto le habría gustado oír, entre los truenos, la voz estentórea de Subrio Flavo, tribuno de la Sexta cohorte pretoriana: «¡Valor, héroe del Imperio, combatiente invencible!».

La noche caía. Voreno no podía mandar ya señales con el espejo, pero continuaba divisando las del fuego, muy lejano, rodeado por las tinieblas y precisamente por eso aún más visible.

Mientras tanto en la cima de la primera de las montañas de la Luna se adensaban nubes tempestuosas que crecían y se hinchaban, negras como la pez pero con los bordes blancos, igual que las hojas que en la forja primero son oscuras, luego bermejas y finalmente se ponen al rojo blanco. El retumbo de los truenos descendía por la ladera de la montaña, y fuegos mucho más ardientes prendían en las cimas y a lo largo de las pendientes remotas de los volcanes furiosos, provocados por las entrañas de la tierra de los dioses Virunga. Un relámpago de la inmensa nube cubrió e iluminó como si fuera de día el lugar donde estaba encendido el fuego de Fabro. La luz cegadora dejó a la vista el tronco altísimo de un árbol torturado por los rayos desde hacía tiempo, como una señal del punto crítico de las líneas siderales que se entrecruzaban en el medallón de Varea. Finalmente, el inmenso nimbo se deshizo, un dardo de fuego golpeó el tronco colosal y lo envolvió en llamas.

—¡Mirad! —gritó Asasas—. El fuego del cielo ha golpeado el punto de la cruz sideral. ¡Corramos!

Nadie dudó. Todos, con excepción del pintor de paisajes, saltaron sobre los caballos y los lanzaron en loca carrera hacia la llanura. Figuras dramáticas, crines azotadas por el viento, jinetes en la noche.

Llegaron a la llanura cuando el sol estaba ya en lo alto, y solo entonces pusieron los caballos a paso de andadura. Se encargó al guía que volviera atrás con dos caballos para buscar al pintor de paisajes. El crepitar del fuego se oía también de lejos y se veían en el suelo numerosos charcos, el rastro de una reciente y fortísima tormenta que probablemente había contribuido a sofocar el incendio que todavía ardía en parte.

Voreno y Fabro, con la ayuda de los legionarios mauritanos, exploraron el lugar que antes del incendio era invisible por completo, pero las llamas que aún seguían activas les creaban grandes dificultades. Voreno ordenó a los hombres armarse con las herramientas de trabajo —palas, picos, badiles y azadas— para tratar de abrirse un paso. No todo el árbol, un gigante de ciento cincuenta pies de altura, había quedado destruido por el incendio, y en todo caso lo que quedaba de él hacía pensar que aquel no era un lugar cualquiera. El guía y el tercer intérprete se afanaban en descubrir qué era aquel sitio.

Voreno dio orden de usar con cautela las herramientas y se puso a la cabeza del grupo. Uno de los legionarios mauritanos, Tervaste, descubrió una especie de gradería y llamó a los otros. Acudieron Voreno y un par de compañeros, e iniciaron el descenso por lo que parecía un subterráneo natural. Muy pronto el centurión notó que del techo descendían decenas de colmillos de elefante como si fueran estalactitas y en las paredes había esculturas iluminadas por el reflejo del cielo sereno, algunas de las cuales representaban escenas de guerra. Pero las esculturas no recordaban enfrentamientos tribales o escenas de caza al león. Representaban formaciones de guerreros con cascos, escudos y espinilleras, incluso. ¿Cómo era posible?

—Este es un lugar sagrado —dijo Voreno—. No tenemos derecho a profanarlo.

Pero no había terminado de hablar cuando desde la superficie resonó un grito de alarma:

—¡Cientos de guerreros indígenas se acercan!

Voreno se sintió perdido, gritó que regresaran a los que se habían quedado en la superficie:

—¡Escondeos enseguida en el bosque y ocultad los caballos! Si veis regresar al guía que ha ido a buscar al pintor detenedlos con gestos. ¡Y ahora moveos!

Deseaba continuar la exploración de aquel lugar, pero antes debía volver a la superficie. Enseguida se dio cuenta de que ya no había tiempo, pues los guerreros avanzaban veloces. El cazador de bosque borró las huellas que habían dejado en el suelo y, junto con Voreno, recubrió la entrada del hipogeo con partes semiquemadas del árbol. Luego los dos se unieron con el resto de sus compañeros. Por orden de Fabro se camuflaron el rostro y los brazos pintándoselos de negro con tizones del árbol quemado.

Se adentraron en un espeso boscaje llevando tras de sí los caballos, hasta que encontraron una tosca construcción de troncos que parecía abandonada desde hacía mucho tiempo. Entraron en ella todos excepto Voreno y uno de los legionarios mauritanos, quienes alcanzaron la margen del bosque, donde se tumbaron cubiertos de ramas boca abajo sobre el terreno. Desde aquel escondite podían dominar la situación.

Los guerreros negros habían llegado ya a las proximidades del gran árbol quemado y comenzaban a explorar los alrededores. Algunos de ellos, bajo la observación de un grupo de mujeres vestidas con telas de colores, con gargantillas en torno al cuello y pendientes, empezaron a desplazar los trozos quemados del árbol hasta que los escalones que descendían bajo tierra quedaron a la vista. Bajaron, y al cabo de un rato reaparecieron y comentaron algo a los otros. Era evidente que tan solo habían llevado a cabo un reconocimiento y, en efecto, a primeras horas de la tarde se fueron.

Voreno, Fabro y el cazador de bosque se consultaron. Lo que Voreno había visto en el subterráneo era tan asombroso y de una factura tan extraordinaria que le habría gustado, al menos, saber lo que era. ¿Quiénes eran los misteriosos guerreros cubiertos con armaduras arcaicas? ¿Se trataba de una escena como la que Varea relató después de enfrentarse en la arena al Hércules negro?

Hacia el atardecer llegó el guía seguido por el pintor de paisajes. Habían empleado mucho tiempo porque el pintor no sabía cabalgar y no podían avanzar a mejor paso.

Fabro se apresuró a ir a su encuentro para que no quedasen demasiado tiempo al descubierto y los condujo rápidamente al bosque. El plan era tirar de los carros ocultos en el boscaje y llevarlos sobre una colina a los pies de la primera de las montañas de la Luna. Podían esconderse muy bien, y en caso de ataque toda la unidad de Voreno, incluidas las máquinas de artillería de Fabro, se encontraría en una posición dominante y adelantada.

Voreno quería a toda costa bajar de nuevo al subterráneo para descubrir el secreto de aquel santuario oculto y describirlo en el informe que debía entregar a Séneca sin revelarle, no obstante, su ubicación ni sus características. Si era cierto que aquel lugar albergaba un tesoro inmenso, la avidez haría acudir a quién sabe cuántos saqueadores, comenzando por Nerón.

La recuperación de los carros permitió a los miembros

de la expedición refugiarse bajo las bateas o levantar sobre ellas las tiendas, para ponerse a salvo de las fieras, o de otros animales peligrosos, durante la noche.

Los legionarios mauritanos, entre tanto, habían limpiado el suelo de la cabaña en la espesura del bosque hasta que se vio la roca arenisca. Fabro, que tenía experiencia en albañilería, descubrió una losa cuadrada de piedra, mandó que le llevaran una pica, y la clavó entre la losa y el suelo de la cabaña. La arenisca cedía y era difícil hacer palanca debajo de la losa cuadrada. Uno de los legionarios clavó la cabeza de una jabalina a dos palmos del pico y ayudó a Fabro. La losa se levantó, y con el empuje de otros dos legionarios consiguieron voltearla.

Descubrieron otros peldaños esculpidos en la roca que descendían hacia el punto al que Voreno había llegado la primera vez. El hipogeo, a oscuras por completo, se abría delante de ellos como un abismo sombrío. Sin embargo, un débil reflejo rojizo titiló en una de las paredes. Acto seguido, por una hendidura apareció una mano que sostenía una lucerna... ¡Era una lucerna romana! ¿La mano de Varea?

A Voreno le dio un vuelco el corazón. Varea se dirigió hacia él, lo miró a los ojos y le indicó que la siguiera. Se detuvo un par de veces para coger de la pared dos antorchas, una para ella y la otra para Voreno, y las encendieron. Recorrieron una galería subterránea de una cincuentena de pasos y desembocaron en una amplia abertura con las paredes bien cinceladas y el techo abovedado erizado de colmillos de elefante, también aquí curvados hacia abajo a modo de estalactitas, y otros que salían como estalagmitas del cuadrilátero de treinta pies que constituía el suelo. Las paredes, bastante regulares, estaban revestidas de oro y delante de ellas se erguían unos pedestales también de oro que sostenían misteriosas figuras asimismo de oro. Los colmillos de elefante que asomaban del suelo se hallaban también revestidos de oro en la punta. Delante de la pared del fondo había un sarcófago de oro macizo, y el suelo debajo de él estaba cubierto de láminas de oro.

En el interior del sarcófago había una momia de pequeño tamaño. Parecía la de una niña. Estaba reseca, con el cráneo semidesnudo, y su cuerpo era poco más que un esqueleto con gargantillas de cornalinas y zafiros.

Pero lo que más impresionó a Voreno fue una panoplia adosada a una estatua de ébano, una armadura completa de guerrero homérico que parecía ser un *mnemeion*, una especie de memorial.

Varea se acercó y acarició la coraza reluciente.

—Mamun... Memnón —murmuró.

La voz de Voreno resonó incluso en su mente:

—¡Dioses poderosos! ¡La armadura de Memnón!

Voreno comprendió que ya no tenía derecho a quedarse en aquel lugar sagrado y antiquísimo, santuario para toda una nación, ni tampoco a revelar el secreto de aquel tesoro inmenso. Dedicó a Varea una larga mirada melancólica y sin despedirse se dio la vuelta para regresar, pero la voz de Varea lo detuvo.

—Espera. Aquí se encuentra la respuesta a todas tus preguntas. Quédate.

La muchacha se acercó a la momia de la Antigua Madre y pronunció la frase mágica, misteriosa e incomprensible que la sibila atlántica Haddad le había enseñado. Luego, vuelta hacia la pequeña momia todavía, dijo:

—Antica Madre, madre de todas las madres, de nuestro pueblo y de todos los pueblos, haz que yo comprenda el camino que debo recorrer.

Acto seguido Varea repitió en latín las palabras que resonaban en su mente:

—Tú amas al guerrero del septentrión y del occidente, pero debes dejarlo si no quieres que todos los descendientes de tu pueblo un día sean esclavizados y conducidos a unos lugares remotos allende el océano, azotados, humillados, reventados hasta morir de esfuerzo y de fatiga.

»Únete al descendiente de Mamun. Él se pondrá la armadura resplandeciente de Memnón, los guerreros que vienen del septentrión serán rechazados y destruidos, y tu pueblo vivirá libre en la selva.

Varea y Voreno se miraron intensamente a los ojos. Una lágrima resbaló por la mejilla de Varea.

—¿Comprendes, Voreno, por qué no te he entregado mi cuerpo? ¿Por qué te he amado sin fuego?

»Mi cuerpo no es mío, es de mi descendencia, de mi futuro y de mi gente. Si os descubrieran, moriríais, porque nadie de tu pueblo debe volver a pisar este lugar. Idos, regresad al lugar del que habéis venido.

La boca reseca de la Antigua Madre, que había parecido moverse y formular palabras, se cerró y ningún sonido salió de sus dientes.

Varea de despidió de Voreno con una mirada pesarosa y desapareció por otra galería. Cuando Voreno y los suyos regresaron al aire libre Varea ya había salido del subterráneo. A su lado apareció, como surgida de la nada, una cebra. Varea saltó a su grupa y desapareció en la oscuridad. El ruido del galope de la cebra se desvaneció también en el silencio. No mucho después, el sonido de otro galope se dejó oír en la llanura, pero el estruendo de un trueno lejano y un redoblar cadencioso y distante lo apagaron. Un temblor misterioso se apoderó de los soldados.

Poco antes del alba el guía despertó a Voreno.

—Hay noticias.

Voreno se incorporó con el gladio empuñado.

—¿Noticias? ¿De quién?

El hombre respondió al tiempo que acompañaba con gestos sus palabras.

—Un guía que ha enviado el rey Uranga, al que tú conociste. Él comprende mi lengua. Yo comprendo la suya.

—¿Cuál es el mensaje? —preguntó Voreno.

Varios hombres oyeron al centurión y se levantaron.

El guía respondió ayudándose con gestos de nuevo.

—Sigue vuestros pasos.

—¿Quién sigue nuestros pasos? ¿Y cuánto dista de nosotros?

El guía trazó unos signos en la tierra, que Voreno no fue capaz de interpretar. Ni mostrándolos al pintor de paisajes obtuvo resultados mejores. Se preguntó quién podía ser el que lo seguía: ¿un amigo, un pastor, una presencia hostil? Incapaz ya de pegar ojo, encendió una lucerna y cogió de su saco un rollo donde comenzó a anotar los últimos acontecimientos del interminable viaje.

Al alba despertó a sus hombres sin ruido ni toques de trompa, sino solo avisándolos uno a uno. Ordenó distribuir el desayuno, engrasar los bujes de las ruedas de los carros y recubrir los cascos de los caballos. Preguntó al guía qué significaba ese retumbo lejano y continuo.

—Nada bueno —respondió, y sus palabras se vieron ahogadas por un golpeteo tétrico, similar a la marcha de un gigante que hiciera vibrar cielo y tierra.

Voreno despertó también a los hombres que estaban

aún adormecidos en los carros y ordenó a todos ponerse las armaduras, embrazar los escudos, enganchar los cintos que sostenían las espadas y coger cada uno, en la mano, un haz de jabalinas. A Fabro le ordenó montar las ballestas y equiparlas con dardos pesados de guerra, todo de acero templado. La inminencia del peligro y del choque violento había despertado en el pecho de Voreno el espíritu del centurión primipilo de una formidable legión y le había hecho desvanecer sus sentimientos de enamorado.

En el horizonte el alba era un leve soplo de luz cortada por una línea oscura. Los carros volcados eran una barrera para proteger, al menos en parte, a los hombres y también a los animales más preciados, como eran los caballos.

A lo lejos, surgiendo de la línea oscura, el trueno cadencioso aumentaba de intensidad, como la voz de un único y enorme tambor.

La línea oscura se hundió en una hondonada, rompiendo la propia continuidad, pero luego volvió a emerger más cerca y más terrible. Ahora ya se distinguían las puntas de las lanzas, los escudos y las corazas de dorsos de cocodrilo. Los guerreros avanzaban a un paso más rápido, y en el cuello hacían ondear collares de garras de león. Voreno y Fabro se pusieron los cascos con cresta cruzada. Todos sus hombres llevaban la armadura y embrazaban el escudo.

Los guerreros de piel oscura avanzaron hacia ellos en número muy superior. Los guiaba Mamun, el último descendiente de Memnón, hijo de la Aurora. Se cubría con una armadura de bronce antiquísima, historiada y reluciente como el oro. Llevaba un casco crestado como el de un guerrero homérico, y sus ojos verdes relucían detrás de la celada. Blandía una lanza con el asta de ébano y la punta de gélido hierro, y avanzaba lentamente.

Voreno fue hacia él mientras los suyos le pedían que no se aproximara al gran guerrero negro.

—¿Quién eres? —preguntó el centurión, ahora ya muy cerca.

—¿No me reconoces? —dijo en latín el guerrero descubriéndose el rostro—. Yo soy Mamun, a quien vosotros llamáis Memnón. Me hacíais combatir en la arena para divertir al pueblo.

—Hemos venido en son de paz, solo para conocer las fuentes del gran río.

—Si os dejo volver, muchos otros de tu gente seguirán tus pasos un día y nos reducirán a la esclavitud. El gran río está aún bastante lejos de aquí, pero vosotros estáis muy cerca de un lugar que es el corazón de mi pueblo. Si quieres regresar a tu casa, tú y los tuyos deberéis combatir, pero creo que no tendréis escapatoria. ¡Mira! —Indicó con el brazo el gran ejército negro—. Y si sobrevives deberás batirte conmigo.

Voreno ordenó a sus hombres marchar hacia abajo. Los guerreros negros lanzaron las lanzas, pero teniendo que vencer la altura no llegaron a la línea romana. Los arqueros avanzaron, Voreno ordenó la formación en tortuga, y el lanzamiento de flechas se abatió contra los escudos romanos curvos como tejas. Voreno mandó lanzar los *pila*, las mortíferas jabalinas de primera línea, pero las corazas de cocodrilo y los escudos de concha en buena parte aguantaban los golpes. Con un gesto, indicó entonces a Fabro que echara mano de las ballestas. Muchos guerreros negros cayeron traspasados, pero los demás no se detuvieron. Los romanos contaban con armas mortíferas, pero podían verse rodeados fácilmente por la aplastante superioridad numérica de sus adversarios. En poco tiempo el ejército negro se había ceñido contra los flancos y estaba a punto de cerrarse en tenaza sobre la retaguardia de la formación romana, bloqueándoles cualquier vía de salida o de retirada. Muchos romanos cayeron en aquella pelea a vida o muerte.

Ahora ya era una cuestión de tiempo: cuando los romanos estuvieran rodeados por completo sería el final.

Pero de improviso se oyó el sonido de un cuerno y apareció un escuadrón de jinetes con capas rojas y cascos crestados al mando de un alto oficial y, más lejos, hacia el septentrión, se vio una larga procesión de carros y animales de tiro y de carga. Portaban insignias legionarias y pretorias.

—¡Subrio Flavo! —gritó Voreno.

La llegada de una nueva fuerza amiga y poderosa había roto el cerco del contingente de Voreno y los dos frentes se reequilibraron, pero el equilibrio significaba también mayor derramamiento de sangre por ambos bandos, sobre todo en las partes frontales, donde muchos hombres caían. Voreno se sentía y se había sentido siempre parte integrante del imperio universal en el que su ejército había servido con toda la dedicación posible, hasta afrontar la muerte. Desde hacía tiempo, sin embargo, también se sentía parte de la carne y de la sangre de ese pueblo que tenía enfrente por el sentimiento profundo y ardiente que lo ligaba a la muchacha salvaje que había transportado a Roma junto con las fieras que había que exhibir en los juegos de la arena. No quería que esa carnicería continuase, y no había más que una solución para hacerla cesar. Desafiar a duelo al Hércules negro.

El desafío se aceptó con un pacto: quien venciera impondría las condiciones, incluida la muerte. Los dos se colocaron el uno enfrente del otro, ocupando el espacio del cuerpo a cuerpo.

El ejército negro se detuvo, como también los legionarios de Voreno y los pretorianos de Subrio Flavo.

El duelo dio comienzo.

La fuerza de Mamun era desmesurada. Voreno, bajo la atónita mirada de Subrio Flavo, hacía uso de toda su experiencia de combatiente veterano, pero su rival había luchado en la arena de Roma, aniquilando a todos sus contrincantes excepto a uno. Su potencia era insuperable. Aunque Voreno le hubiese hecho varias veces brotar sangre de los hombros o de los costados era evidente que al final sucumbiría. El pesado garrote recubierto de hierro había fallado dos veces ya la cabeza de Voreno. La tercera no fallaría.

Pero, de repente, un grito agudo como el de un águila resonó desde la ladera de la colina y una esbelta figura corrió como el viento hacia la zona que separaba el ejército de Mamun de los exhaustos manípulos de Voreno. ¡Varea!

El gigante negro, que estaba a punto de asestar el golpe mortal, oyó el grito, la reconoció y se detuvo. También Voreno se detuvo, y miró a sus hombres heridos y jadeantes. Justo a tiempo.

Varea llamó a los dos campeones, el pálido cubierto de hierro y el negro reluciente de bronce y de sudor. Con el rostro oculto bajo la celada, llevaba la antigua armadura de Memnón, caído por los golpes de Akireu doce siglos antes bajo las murallas de Troya.

17

Varea pidió silencio y habló delante de los ejércitos, enfrente de los cuerpos de los caídos y de los heridos de ambos bandos, primero en latín y luego en su lengua materna. Habló a los negros, al héroe lejano epígono de Memnón, y pidió perdón por haber decidido emprender el viaje hacia el sol pálido.

—No quería asistir a los duelos sangrientos entre quienes me reclamaban como generadora. Quería conocer el mundo y buscar a Mamun, que llevaba el nombre de nuestro antiguo héroe, capturado, vendido, conducido a un lugar desconocido, desaparecido desde hace tres años y considerado perdido para siempre. Quería encontrar al que llevaba en el cuello la misma medalla que yo y que nos unía el uno a la otra con un pacto de sangre.

Mamun inclinó la cabeza. Sabía que Varea había arriesgado varias veces la vida para buscarlo y para indicarle de mil maneras el camino de vuelta.

Varea se le acercó.

—No debemos matar a los guerreros pálidos que volverán a su país. Las madres de nuestros caídos lloran. Las madres de los suyos lloran igualmente sobre sus cenizas.

»Es cierto que su pueblo nunca podrá cruzar las interminables extensiones que separan su pequeño mar del nacimiento del gran río. Deja que emprendan el viaje hacia sus casas si juran no volver nunca más.

Varea entrelazó la mano blanca y la mano negra de los dos héroes que la amaban desesperadamente.

Voreno había comprendido y juró, y pidió lo mismo a Subrio Flavo, que había salvado su vida y la de sus hombres. Varea lo saludó, y en el contacto de sus miradas se derramó un río inmenso de recuerdos, de deseos, de sueños extintos antes de nacer.

Luego el guerrero cubierto de bronce asintió, y mientras él se ponía a la cabeza de su ejército Voreno y Subrio Flavo hicieron lo mismo con sus soldados. Antes de que anocheciera tanto los unos como los otros formaron piras para sus muertos. Los fuegos duraron toda la noche, y así también los llantos de las madres de los guerreros de Mamun, hasta el alba y la aurora, cuando el coloso llora. Mamun vio a Varea alejarse montada en su cebra, y no mucho después los soldados de Roma se pusieron en marcha siguiendo a sus mandos a caballo. En ese instante en la cresta oscura de las colinas se recortó la figura de la joven mujer que cabalgaba veloz una cebra y agitaba la mano en señal de saludo. Descendió cabalgando tan rápido que durante un momento Voreno pensó que pretendía alcanzarlo.

Tras llegar delante de él saltó a tierra e, indicando tres altísimas cimas, dijo:

—Dirígete hacia esos montes, luego continúa hacia el mediodía y llegarás a un círculo rocoso con un lago enorme. Síguelo hasta que encuentres una hendidura de la que brota una cascada con un ímpetu increíble entre dos paredes rocosas erizadas de escollos. Estarás cerca del origen del gran río. Yo informaré a los ancianos y a las madres más antiguas. Nadie os atacará.

—Gracias, Varea —respondió Voreno—. No olvidaré lo que has hecho por mí, por nosotros, por Mamun, sí, también por él. Nunca olvidaré el retrato que te hizo el pintor de paisajes, que se me aparece también en sueños, si bien crear tu imagen sin que tú lo supieras fue como robar parte de tu alma. Lo hice para que tus facciones no se desvaneciesen nunca en mi mente.

Varea esbozó una leve sonrisa, no con los labios sino con la luz de sus ojos verdes.

Tras reanudar el viaje Voreno consultó con Subrio Flavo, quien inesperadamente había aparecido con sus hombres en el momento culmen de la batalla contra el ejército de Mamun.

—¿La echas mucho de menos? —fue la primera pregunta de Subrio Flavo.

Conocía a Varea muy bien y también a Voreno.

—Se pasará —respondió con firmeza Voreno—. ¿Cómo has conseguido alcanzarnos? —le preguntó.

—Ha sido muy difícil. Demetrio debería haberme facilitado informaciones precisas, pero como has visto, está en las últimas.

Voreno se reafirmó en la convicción de que el mensaje en griego de Corbulo era para Flavo. Flavo era el destinatario de los elementos que podían identificar con precisión el lugar del tesoro.

—Entonces ¿cómo has llegado al lugar de la batalla si Demetrio no ha hablado contigo?

—Uno de esos reyezuelos me ha proporcionado una información valiosa sobre cómo evitar las ciénagas o, mejor dicho, cómo atravesarlas con barcas que podían transportar a un hombre solo y cómo reencontrar el Nilo sin perderse. Además, me ha dicho que sus hombres habían visto mucho movimiento en torno al gran árbol. No podías ser más que tú con tus legionarios los que habían armado ese revuelo.

»No olvides, además, que teniendo base en Elefantina, recibía y mandaba correo a través de Alejandría. He enviado también noticias tuyas a la corte.

—¿Quieres decir que el emperador ha leído cosas de mí?

—Diría que Séneca, más bien. A Nerón le gusta componer, poesía sobre todo, con acompañamiento musical. En suma, es más un cantor que un poeta.

—Sería un grandísimo honor para mí que Séneca se fijase o, mejor, pudiera fijarse en mi informe.

—Temo que no sea posible, lo sabes mejor que yo. Séneca está ocupado en la publicación de sus *Cuestiones naturales*, pero no tiene tu informe, y dudo que esté disponible en un tiempo razonable. No estamos muy lejos de la fuente del Nilo. Encontraremos una gran cascada que quizá se precipita en el Nilo, si ya existe, o bien es ella la fuente del río que se ve alimentado por un largo enorme.

—¿Cómo sabes estas cosas?

—En parte oí hablar de ellas en Elefantina a viajeros que se habían adentrado en el África más profunda para iniciar un gran comercio de marfil después de haber establecido contacto con grupos de cazadores de elefantes. La continuación la escribirás tú, y de forma exhaustiva, cuando hayas terminado esta aventura, aunque ni tú ni yo podremos pensar en concluirla. Un viejo cazador que se había retirado en mi isla contó que existía un lugar en el centro de este interminable territorio cubierto por una floresta tan espesa y tan alta, poblada por animales que nadie ha visto nunca, tan oscura que ningún ser humano puede siquiera plantearse entrar en ella y salir vivo. Lo único que conocemos de ese océano de oscuras cabelleras arbóreas es el nombre: «Corazón oscuro».

Voreno estaba desconcertado ante la idea de que el gran Séneca se sirviera de las historias que Flavo había recogido de mercaderes en la isla Elefantina más que de su diario, basado en una expedición que el propio emperador había ordenado. Subrio Flavo advirtió su inquietud y no tardó en tranquilizarlo.

—Con mis charlas no podrá sino escribir algunas líneas, y seguramente escribirá una segunda versión de sus *Cuestiones naturales* apenas haya leído tu informe por entero. Estoy convencido de que lo espera con ansiedad.

El territorio era admirable: el río era inmenso y lo flanqueaban vastas florestas, pobladas de miríadas de aves, millares de simios, puercoespines, pitones, víboras de larga cabeza triangular repugnantes de ver, pero también panteras negras y leopardos manchados. El río era un hervidero de cocodrilos, siempre al acecho para arrojarse sobre una presa.

La décima noche de viaje los soldados de Roma, vistas las cumbres de tres altísimas montañas solitarias, levantaron un campamento y lo organizaron como si se hallaran en medio de una campaña militar en un territorio hostil. Subrio Flavo y Voreno dispusieron los turnos de guardia para los centinelas, y todos se sintieron en casa o bajo las águilas, que para ellos era lo mismo.

La presencia de una unidad de pretorianos y de su tribuno había añadido a la expedición una superabundancia de todo cuanto desde hacía tiempo carecían. Además, les había procurado un extraño sentimiento: eran soldados de un enorme ejército lejano enviados a un territorio ilimitado tanto en el sentido geográfico como en el sentido histórico. En efecto, desde Alejandría, los respaldaban topógrafos y geógrafos que trataban de reproducir el aspecto de los montes y de las llanuras, de los ríos y de las cascadas, no con los pinceles y los colores sino con líneas y cúspides, así cada característica peculiaridad del territorio se convertía en una referencia para la marcha. El pintor de paisajes era su constante apoyo y aliado, como los músculos para el esqueleto. Las poblaciones que vivían en ellos se encontraban en el mismo estado primitivo que algunos de sus antepasados cuando aún vivían en chozas. Ellos, en cambio, legionarios y pretorianos, conformaban un bloque monolítico, impenetrable, invencible. En la batalla contra el ejército negro, los hombres de Voreno habrían sucumbido por la absoluta inferioridad numérica; sin embargo, cada uno de ellos contaba como diez de sus adversarios. Quizá Nerón se había dado cuenta de que una sola legión podía conquistar y ocupar un territorio que era tan extenso como la mitad del Imperio romano para el que, decía Subrio Flavo, estaba preparado ya el nombre de una nueva provincia ilimitada: Aethiopia. Voreno opinaba que entonces el Imperio tendría tal extensión que podría compararse con cualquier otro del pasado, incluso con el de Alejandro.

En el contingente de Subrio Flavo había guías nubios

de gran experiencia por sus continuos contactos con los mercaderes de marfil, que habían encontrado en la isla Elefantina y quizá también en Meroe, última avanzadilla antes del Egipto faraónico, luego del tolemaico y ahora romano. Hablaban al menos tres o cuatro lenguas indígenas y conocían bien el territorio.

Su contribución a la expedición era fundamental ahora y parecía que el destino que Voreno y los suyos perseguían no fuese ya una quimera. A pesar de las bajas debidas a las enfermedades contraídas en las zonas cenagosas, a los venenos de las arañas y las serpientes y, por último, ocasionadas en la última batalla contra los hombres de Mamun, el pequeño ejército romano podía infundir temor también por su aspecto, pues sus armas e indumentaria llamaban muchísimo la atención de las comunidades indígenas. Los guerreros con las lanzas y los escudos se agolpaban a los lados de la columna de legionarios y de pretorianos más por la curiosidad que por albergar intenciones hostiles. A veces Subrio Flavo y Voreno, viendo que el número de los indígenas era excesivo, exhibían también las enseñas de la Trigésima legión y de la Novena, llevaban las armaduras segmentadas y relucientes y marchaban marcando el paso. Pero junto con el despliegue de fuerza era sobre todo eficaz la palabra de los guías nubios de Subrio Flavo, que calmaban los espíritus, y a los guerreros negros se les permitía acercarse y tocar las corazas y los cascos de los legionarios y de los pretorianos, hombres que debían de parecerles seres venidos de otra estrella.

En esa situación pacífica, a los hombres de la expedición se les autorizaba también la caza con arcos y flechas de animales salvajes como aves, pequeños antílopes y gacelas. Los guías les habían explicado que solo los animales domésticos se consideraban propiedad privada de los indígenas o de sus comunidades.

Habían regresado ya a la orilla del Nilo y habían vuelto a montar sus embarcaciones para llegar más rápidamente a su objetivo. Pero al cabo de algunos días los pilotos se percataron de que la corriente se hacía más rápida y caudalosa.

Uno de los guías nubios de Subrio Flavo dijo que se aproximaban al brazo fuente del Nilo y que debían prepararse para realizar maniobras relevantes y complejas.

Y cuando finalmente surgió ante ellos el espectáculo que el guía había anunciado el entusiasmo estalló incontenible entre las tripulaciones. El río discurría al lado de una formación rocosa cubierta de vegetación que era curva como si fuese una parte de una enorme palangana natural que en un punto se veía interrumpida por una hendidura erizada de escollos por la que entraba una masa de agua mucho más ancha que la hendidura, creando una cascada borboteante, cien veces más turbulenta que cualquiera de las que habían hallado mientras remontaban el Nilo entre Egipto y Nubia. Al primer arranque de entusiasmo siguió el silencio delante de aquella majestuosa manifestación de poder de la naturaleza. Miraban semejante maravilla sin comprender ni la dimensión ni el origen.

—Me pregunto —dijo Flavio— qué diría Séneca si estuviese aquí con nosotros. Varias veces le he oído afirmar que las aguas que corren sobre la faz de tierra provienen de grandes lagos subterráneos. —Luego, vuelto hacia Voreno, añadió—: Describe bien lo que ves, de manera que tu informe sea útil a los estudiosos y a los filósofos que tratan de comprender los misterios de la naturaleza. Tienes todo el día hasta la puesta del sol. Que lo mismo hagan los topógrafos y los geógrafos, en perfecta colaboración con el pintor de paisajes. Jamás habéis visto espectáculos como estos ni volveréis a verlos.

—Mientras tanto —dijo Voreno— dos grupos de los nuestros explorarán en el margen derecho y en el izquierdo cómo se desarrolla la curva de esta formación rocosa. Podéis emplear una de las naves para remontar el río. No os perdáis. Echad las anclas por la noche y mañana por la mañana volved atrás siguiendo la corriente. Cuando todos estemos reunidos comenzaremos nuestro viaje de regreso. No conocemos la evolución de las estaciones y del tiempo, y no podemos arriesgarnos a esperar aún meses y meses antes de iniciar nuestro camino hacia casa.

Un grito de alegría y un golpear de espadas contra los escudos saludaron las palabras de Voreno.

El pintor de paisajes había hecho ya una buena representación de la gran cascada y continuaría hasta la caída de la tarde.

El día siguiente Voreno se levantó cuando el cielo estaba aún oscuro y subió a la cresta curva de la colina. Allí esperó a que el alba difundiese el soplo sutil de la luz en el horizonte. Vio una extensión de agua sin fin, un espejo que disolvía las tinieblas y, en el silencio infinito, le pareció oír el lamento del gigante subirle desde el corazón. Quizá las lluvias torrenciales, los vientos cálidos y las fragancias de aquella tierra infinita habían hecho germinar en su pecho un sentimiento hasta entonces desconocido.

18

Se reanudó así el largo viaje de regreso, durante el cual Voreno dedicaba cada vez más tiempo a redactar su informe que, pensaba, acaso debería entregar personalmente al emperador, por cuanto que él le había encargado buscar las fuentes del Nilo, el río más grande del mundo.

Subrio Flavo siempre estaba dispuesto a ayudarlo, porque sabía que Nerón, tan esmerado en cultivar una lengua impecable como instrumento para sus poemas y sus representaciones públicas, no toleraría la expresión tosca de la prosa de un centurión.

Una noche, mientras pasaban cerca de la gran montaña que los indígenas incluían entre las montañas de la Luna, Voreno le dijo:

—Agradezco mucho tu ayuda a la hora de redactar mi informe de este viaje. Estoy seguro de que así el emperador estará satisfecho, porque mi obra y las de mis compañeros de aventura se convertirán en testimonio de la mayor empresa de todos los tiempos. Creo que tus sugerencias deberían citarse en ella, con el título: «Furio Voreno y Subrio Flavo exponen aquí su aventura y el viaje en busca de las fuentes del Nilo. El mérito es de Nerón Claudio

César Augusto Germánico, que por sed de conocimiento...».

—Te ruego —lo interrumpió Flavo— que no me hagas pensar en ello. Ya tengo bastante de los absurdos de Nerón, de sus celos y de sus locuras. ¿Por qué no me hablas de Varea? ¿Estás seguro de que podrás olvidarla?

—¿Ves esa montaña? —replicó Voreno—. Estábamos allí hace tres meses, en espera de la conjunción celeste representada en el medallón que Varea lleva al cuello. ¿Te das cuenta? Nadie lo creería, pero en el momento de esa conjunción...

—¿Una conjunción de estrellas? ¿Cuáles? —preguntó Flavo.

—Lucano, creo —respondió Voreno—, ha descrito esa conjunción: las estrellas de Orión sobre el trópico de Cáncer. Desde hace mucho tiempo los filósofos creen que las crecidas del Nilo se deben a conjunciones de astros. También Séneca comparte ese parecer, como sin duda Lucano, su sobrino. Por lo visto es un gran poeta, a pesar de lo joven que es —añadió.

—Demasiado —respondió Flavo—. A Nerón no le gusta tener, en el arte poética, competidores que puedan hacerle sombra. Dicho de otro modo: el sobrino de Séneca es demasiado audaz. Debería saber que Nerón no soporta que haya un poeta más grande que él.

—No es mi deseo inmiscuirme en estas disputas de cortesanos. En cuanto a la conjunción estelar, las preguntas que me formulas me abruman. Los sabios del museo de Alejandría podrían responderte. Creo que eran las dos estrellas del cinturón de Orión. En el momento en que los rayos de ambas se cruzaron sobre la tierra la cruz indicó el lugar donde está enterrada la Antigua Madre junto con un tesoro inmenso.

»Entré yo y entró Varea. Me mostró el sarcófago de oro en el que yacía la madre de todas las madres, la antepasada de toda la humanidad. No hay palabras para describir lo que vi a continuación: sobre una estatua de ébano se hallaba dispuesta la armadura del rey de los etíopes que, al mando de Memnón, llegaron para socorrer al rey Príamo de Troya.

—Increíble —dijo Flavo—. ¿Memnón...? —preguntó a renglón seguido—. ¿El hijo de la Aurora? ¿El coloso que está delante de Tebas y gime cuando la madre tiñe de rojo el horizonte?

—Sí, el coloso que gime —confirmó Voreno.

—Y también la madre divina —continuó Subrio Flavo— que lo llora cada mañana desde que lo abatió el invencible Aquiles bajo los muros de Ilión.

Siguió un largo silencio solo roto por el piafar de los caballos.

—Me gustaría que me contaras —dijo Voreno poco después— si hay alguna novedad al respecto de la conversación que mantuvimos aquella noche en la selva.

Subrio Flavo frunció el ceño.

—Es mejor que no toquemos ese asunto. Las palabras vuelan.

—No hablabas así aquella noche.

—Porque pensaba que para determinadas empresas hacen faltan soldados, como tú y como yo, pero ¿y los otros? En resumen, creo que ha habido poco más que palabrería, por lo que alcanzo a comprender. Solo quería tantear tu ánimo, saber si, llegado el caso, este centurión de primera línea de la Trigésima legión podría echar mano a su espada. Pero no había nada de concreto.

—¿Y la esperanza de la que hablamos en Elefantina? —preguntó Voreno—. ¿Los hombres integrísimos que habían de cambiar incluso el mundo?

—El entusiasmo es un pésimo consejero a menudo. No eran más que sueños. Mis sueños.

—Tú juraste fidelidad al emperador como comandante de una cohorte de pretorianos. ¿Te mantendrías fiel a ese juramento pasara lo que pasase?

—Me aseguraría antes de que el destinatario de mi juramento es digno de él.

—Comprendo —respondió Voreno, aunque sospechaba que su amigo no había explicado toda la verdad.

Subrio Flavo cambió de conversación.

—Ahora buscamos el camino de regreso. ¿Trazaste un itinerario cuando remontasteis el Nilo y os dirigisteis hacia el mediodía?

—Sí, nuestros topógrafos hicieron algo por el estilo. Y, además, cuento con la representación que el pintor de paisajes fue haciendo de puntos que pueden servirnos de referencia. No mucho más. ¿Y tú?

—El único obstáculo auténtico, y tú lo sabes también, es la ciénaga. Puede retrasar nuestra marcha tanto como cuando la atravesaste la primera vez, puede que más. Por tanto, haremos lo posible para sortear el obstáculo. El guía que viene conmigo es muy hábil. Una vez encontrado el Nilo, será como llegar a casa. No tendremos que hacer más que seguir la corriente que nos llevará hasta Alejandría. Compraremos regalos para el emperador y para Séneca: colmillos de elefante y collares de las tribus indígenas. Y tú, amigo mío, serás famoso. Se hablará de tu empresa durante siglos. Roma te recibirá triunfalmente. Y estoy seguro de que te las arreglarás de modo que también nuestros soldados tengan los honores y las recompensas que se han merecido.

El rostro de Voreno se ensanchó en una tenue sonrisa.

—No consigues olvidarla, ¿verdad? —dijo Flavo—. Darías toda gloria, todo honor y cargo, cualquier suma de dinero por una mirada suya.

—Así es —respondió con parquedad Voreno—. El amor solamente soñado abrasa el corazón… Pero dame el mando de un manípulo en primera fila y abatiré las líneas de un ejército.

—Te he visto. Y no daba crédito a mis ojos.

Voreno y Flavo reanudaron la marcha siguiendo durante un tiempo, sin embargo, solo las admirables descripciones del guía nubio de Flavo. Lo siguieron a caballo dando un largo rodeo hasta que alcanzaron su objetivo una mañana mientras la luz del alba iluminaba otra de las montañas de la Luna, una mole inmensa con tres cumbres, la principal, de una altura asombrosa y cubierta de nieve. No escapó al guía de Flavo la expresión atónita de Voreno.

—Es un volcán apagado con tres cráteres —le dijo—. Ninguna nube llega nunca a cubrir el mayor. Se yergue en una llanura interminable en la que pacen cientos de miles de animales salvajes. Se diría que es su pastor. Ninguno de ellos osa alejarse de esas cimas hasta el punto de perderlas de vista. Si lo hace, se extravía y acaba siendo pasto de los leones, los leopardos, las panteras o las hienas. A veces sus entrañas retumban con truenos que espantan a los rebaños de antílopes y a las manadas de elefantes y de búfalos que hacen temblar la tierra; entonces se desata una loca estampida de cuernos, pezuñas, colas, crines.

El guía calló, y tras un largo silencio se oyó el redoble lento del tambor y luego el sonido, agudo y suave a un tiempo, de una flauta. Muchos de aquellos rudos soldados no pudieron contener las lágrimas.

Voreno reinició la marcha a la cabeza de los suyos. No había manera de comprender aquella tierra infinita y capaz, de un momento a otro, de revelar sus milagros, visiones tan vehementes que quitaban el aliento.

—¡Marcha hacia el septentrión! —gritó Flavo como si hubiera tomado el mando, pero fue Voreno quien se puso a su derecha y marcó el ritmo del paso.

En treinta etapas de veinte millas diarias llegaron al punto en que comenzaba, o terminaba, según la dirección de la marcha, la interminable ciénaga que se había cobrado no pocas víctimas a la ida.

Consiguieron moverse hacia el septentrión ordenando a los nubios que construyesen barcas con haces de mimbres similares a las que los egipcios hacían con tallos de los papiros, para un solo pasajero, seguros de que antes o después se encontrarían con el afluente que ya conocían y que provenía del mediodía.

Hizo falta otro mes para que alcanzaran la confluencia en la que habían dejado sus bestias de tiro y los carros con las partes para construir las naves con las que descender el Nilo. Cinco de los soldados enfermaron de fiebres malignas. Uno de ellos murió, los otros desaparecieron.

Voreno y Flavo sintieron la necesidad de hacer una visita a Uranga, el rey de la ciudad, si así podía llamarse, quien les había prestado ayuda y sostén durante el viaje hacia el mediodía.

Le dejaron como regalo comida: pescado ahumado, carne seca de animales cazados. Además, los arqueros habían abatido un leopardo y una pantera manchada a fin de disponer de un trofeo para el rey Uranga y otro para el emperador Nerón.

El rey restituyó los bueyes y los carros que Voreno había dejado, útiles para transportar las partes de las naves que había que volver a montar para proseguir la navegación hacia Alejandría. No fue difícil llevar a cabo la operación aguas abajo de la sexta catarata y retomar el viaje de regreso.

El ensamblaje exigió a los carpinteros navales siete días, pero terminado el trabajo todo estaba listo para la botadura de las naves.

Su propósito era navegar siempre de día y detenerse donde hubiera núcleos de población para reabastecerse de agua potable, pan y carne. Eran inevitables las visitas a las autoridades locales de parte del emperador romano, que de hecho era el dueño de Egipto.

El primer lugar donde atracaron fue en las proximidades de Meroe, en la divisoria entre Egipto y Nubia. El gobernador de la ciudad, que estaba bajo el gobierno romano, recibió a Voreno, Fabro y Subrio Flavo y se felicitó por la gran empresa llevada a cabo. La noticia se divulgaría rápidamente hasta las grandes ciudades-santuario, hasta Alejandría y desde allí llegaría a Roma.

Su siguiente parada fue el grandioso templo de Ramsés II y de la reina Nefertari. En el interior las paredes estaban decoradas con escenas de la gran campaña de Ramsés en Siria, llevada a cabo trece siglos antes, y de la batalla de Qadesh. Las visitas a los grandes centros religiosos se realizaban por deseo sobre todo de Subrio Flavo, para difundir la gloria del emperador Nerón, señor de Egipto. Cada parada que hacían coincidía con encuentros cada vez más numerosos y siempre más largos. Parecía casi que los sacerdotes egipcios y los funcionarios de la administración romana lo hiciesen a propósito, y ni Voreno ni Fabro alcanzaban a explicárselo.

—¿Cómo te lo explicas? —preguntó Voreno a Subrio Flavo—. Conoces bien al emperador.

—Nerón quiere saber todo de ti. Eres el héroe del Imperio y ahora serás muy célebre tras esta empresa. En otras palabras, podrías hacerle sombra.

—Eso es imposible... No soy más que un humilde soldado.

—Con Nerón nunca puede decirse «es imposible». ¿Te parece posible que el emperador de los romanos mate a su madre y a su mujer? Él lo ha hecho, como sabes. ¿Te parece posible que mande asesinar al legítimo heredero del emperador Claudio, su hijo Británico?

—¡Dioses poderosos! —exclamó Voreno—. ¿Cómo sabes tú que fue Nerón el responsable de su muerte?

—Eso no puedo contártelo, solo puedo afirmar que estoy seguro de lo que digo. De hecho, no te diré una palabra más si no me sigues en una barca hasta dentro de un cañaveral de papiros. Ahora.

—Estoy listo. Vamos.

Voreno caminó detrás de Flavo hasta la orilla del río y subió a la barca que lo esperaba.

—¿Recuerdas esa noche cuando me dijiste: «Yo soy el...?» —comenzó en cuanto estuvieron entre los papiros.

Flavo se acercó un dedo a los labios.

—Por eso te pongo en alerta: expón tus ideas lo mínimo imprescindible. Tampoco te muestres excesivamente laudatorio con respecto al emperador. Nerón no es estúpido, adularlo incluso de tan lejos lo hará sospechar. Quien lo alaba demasiado es que algo esconde...

—Comprendo —concluyó Voreno.

Flavo le hizo nuevamente el gesto de que guardara silencio, pero cuando el sol se hubo puesto se declaró más accesible.

—He comprendido: piensas en una conspiración. Pero no creo que hayas dado en el clavo, pues cualquier acción organizada de este tipo tiene un punto débil, muy débil, de hecho, y es que va muy para largo. Cuanto más tiempo pasa, más vulnerable es.

—¿Y la esperanza de la que me hablaste en Elefantina?

—Existe. Y la conforman hombres como de los que te hablé.

—¿Estás seguro? ¿Los conoces uno por uno? ¿Puedes fiarte de cada uno de ellos? El punto débil de toda conjura es el secretismo. Basta con que trascienda una sola palabra y supondrá la muerte de todos.

—El riesgo forma parte de las grandes empresas. Tú has arriesgado la vida para encontrar las fuentes del mayor río del mundo. ¿No crees que la conquista de la libertad y la eliminación de un tirano son una empresa más grande que hallar el nacimiento del Nilo? Llegado el momento los hombres como tú, valerosos y resueltos, deberán unirse a la gran esperanza. ¿Comprendes lo que quiero decir?

—Comprendo, y me asusta. Estoy acostumbrado a los campos de batalla y no a las ciudades y a las *domus* de los poderosos, y estoy habituado a batirme contra un enemigo que puedo mirar a los ojos, no con quien blande un puñal a mi espalda.

—Sé a qué te refieres, Voreno, y nadie te obliga a arriesgar la vida por algo que no sientes. A la muerte de Claudio hubo quien intentó hacer resurgir la República, pero el intento fracasó. Hoy sería distinto. Claudio era una persona decente, inteligente y culta, mientras que Nerón se ha revelado un monstruo. Al emperador debería designarlo el Senado y se llamaría *princeps senatus*. Se elegiría al mejor hombre, respetuoso de las tradiciones, honesto y valeroso, estimado por el Senado y por el ejército.

—Parece un gran proyecto, pero ¿cómo harás para mantenerme informado y de qué ayuda podría ser yo?

—Tú eres un héroe y un mito para el ejército, mientras que la guardia pretoriana está desacreditada después de los horrores perpetrados por Sejano bajo el imperio de Tiberio, y en este período veo unos personajes incluso peores abrirse camino en el cuerpo. Si se perfilara la posibilidad de un ascenso más avasallador aún de ciertos individuos, nos encontraríamos de nuevo en una espesa tiniebla de la que no lograríamos salir nunca más. Corbulo es un gran comandante, pero increíblemente duro y severo, y eso no está bien... He oído contar que en una ocasión mandó ante un tribunal de guerra a dos legionarios que, ocupados en abrir una trinchera, no llevaban las armas. Se los condenó a muerte. Los soldados aprecian a Corbulo, pero no lo quieren. Necesitamos a un jefe como tú, aunque solo seas un centurión. Pero si consigues en esta empresa ascender de rango y ganas fama... Por eso es importante que la lleves a buen término.

—Pero ¿cómo haremos para comunicarnos?

—¿Has visto el faro de Alejandría?

—Sí, lo he visto. Un par de veces.

—Muchos creen que es la torre altísima lo que hace que se incluya el faro entre las siete maravillas del mundo, pero no es así. La maravilla son los espejos rotatorios del punto culminante. Están hechos de modo que lancen un rayo a treinta millas de distancia. Había pensado utilizar ese sistema situando unos repetidores tanto a lo largo de la orilla derecha como a lo largo de la izquierda. Me he puesto en contacto con unos sabios del museo y de la gran biblioteca, y por lo que parece puede hacerse, si bien es demasiado complejo y complicado. Lo mejor es hacer señales con la luz del sol en los espejos. Lo habéis experimentado ya, ¿no? Es más práctico y menos dificultoso.

Acto seguido entregó a Voreno un rollo de papiro.

—Aquí se explica cómo descifrar las señales. Si tuviésemos que separarnos, lo más importante de todo está ilustrado al final del rollo y tiene un solo significado: «Volvemos». En ese momento deberás decidir si continuar tu viaje y obedecer a Nerón o si volver lo más pronto posible para estar entre quienes quieren restablecer un gobierno conforme a las más nobles tradiciones civiles y militares del pueblo romano.

—Necesito información más precisa para tomar una decisión —dijo Voreno.

—Muy legítimo. No te vayas a creer que yo soy un ingenuo. En mi posición, en el centro del poder, he visto y he oído de todo. Sé perfectamente que cuando se trama una conjura algunos hombres se adhieren por una idea noble de libertad, pero otros lo hacen solo por intereses personales, y otros también por rencor respecto al tirano o por sed de venganza si han sufrido ofensas o padecimientos…

—Los idus de marzo consiguieron su objetivo —replicó Voreno—. César acabó en medio de un charco de sangre, pero Octaviano no tardó en sustituirlo, recogiendo su herencia, y nadie se opuso, aparte de unos pocos y grandes mártires. Había habido medio siglo de guerras civiles. El pueblo quería paz, tranquilidad. La libertad estaba ensangrentada. Después de él vinieron Tiberio, Calígula, Claudio y ahora Nerón. Muerto él, otro lo sucederá.

—Te equivocas. Los conjurados han elegido ya un hombre. Y hay incluso quien quiere restablecer la República.

—¿La República?

—Sí. No todos se han pronunciado, pero la idea se ha lanzado ya.

—¿Séneca?

La luna llena asomó entre la densa capota de nubarrones, y Flavo advirtió en el rostro duro de Voreno una verdadera esperanza.

—Séneca está en una situación muy delicada y no puede exponerse, por el momento, pero a buen seguro estará de nuestro lado… Tenemos también una estrategia poderosa: el comandante de la escuadra de Miseno está con nosotros, al menos eso se dice.

—¿Con nosotros? —repitió Voreno, y a Flavo se le iluminó el rostro al oír ese «nosotros».

—Y…

—¿Quién más?

Voreno parecía cada vez más interesado.

—El personaje clave, pero he jurado no decir su nombre ni siquiera a mí mismo. Es él quien acogerá al nuevo *princeps* cuando el tirano haya sido derribado. En total, por ahora, somos unos cuarenta: hombres que han servido al Estado, han ocupado las más altas magistraturas, tanto senadores como équites. Lo que es de suma importancia es que se ha llevado a cabo una reunión en una villa de Bayas. Se trata de una casa estupenda, maravillosa, que gustaba muchísimo también a Nerón, tanto que en ocasiones se alojaba en ella cuando pasaba por aquellos lugares. Allí todos los conjurados se pusieron de acuerdo sobre la persona que regirá el Estado una vez quitado de en medio al indigno, el actual gobernante.

—Parece todo bien preparado, y lo que no has dicho creo haberlo intuido. Pero te pregunto cómo se producirá el atentado. El momento en que se desencadena la acción es el más difícil y peligroso... ¿Puedo preguntarte cómo se llevará a cabo esa acción?

El hecho de que Voreno continuara haciendo preguntas animaba a su amigo, quien veía en ello una muestra de su interés en la empresa. Decidió, pues, responder a la demanda de información:

—Uno de nosotros se arrodillará delante de Nerón como para hacerle una súplica, y ese será el momento.

—Parece el mismo tipo de acción que llevó a César a la muerte. Esperemos que el resultado se repita —dijo Voreno.

Flavo creyó captar una ligera ironía en sus palabras y decidió no ocultar un detalle que podía ser desagradable para su amigo:

—Hay una mujer.

—¿Una mujer? —Voreno pensó intensamente en Varea—. Pero ¿qué me dices?

—Una liberta llamada Epicaris. Vendía telas en los mercados... En cualquier caso, ha entrado en el grupo de los conjurados.

—Me cuesta creerlo —dijo Voreno—. Es como suicidarse. Las mujeres hablan. Recordarás a la mujer de Escipión, que había acompañado en secreto a Augusto a la isla de Planasia, donde estaba prisionero de Agripa Póstumo, su nieto de sangre. Pero Escipión se confió con su mujer, quien se confió con Livia, quien quizá envenenó los higos que tanto gustaban al divino Augusto.

Voreno mostraba señales de cansancio, pero Subrio Flavio siguió hablando.

—Hay un motivo: fue Epicaris la que convenció a uno de los hombres más importantes de nuestro grupo para que se adhiriera a la conjura.

—No es difícil intuir cómo. Imagino que es una mujer seductora, sensual.

—Lo cual no significa que no tenga pensamiento, sentimientos y raciocinio. Imagina que, antes de su esclavitud y su posterior emancipación, esa mujer fuera la hija de una familia de alcurnia en su país de origen, educada en los círculos más sofisticados de su ciudad antes de que los hados hicieran de ella una esclava. Puedo decirte que en las reuniones de los conjurados hace sonrojar de vergüenza a senadores, équites, pretores y agentes consulares. Se los ve y se los nota titubear, dudar de sí mismos.

»Quiero escandalizarte, héroe del Imperio, y hacerte dudar de ti mismo y de mí. Y sin embargo llegué en el momento en el que estabas a punto de sucumbir frente al ejército etíope al mando del Hércules negro tras haber atravesado con mis hombres unos lugares remotos, poblados de fieras; me bañé en ese río, en esa corriente que lleva las olas de los milenios y hace brillar las escamas de los cocodrilos y los dorsos temblorosos de los hipopótamos para hablar con Furio Voreno, primipilo de la Trigésima legión.

19

Reanudaron el viaje hacia el septentrión con las embarcaciones, puesto que se encontraban ya en la estación de las inundaciones y el problema de las cataratas ya no era tal dado que el nivel del río era considerablemente más alto y, por tanto, no había peligro de dar con la quilla contra el fondo rocoso.

Cuando al cabo de dos meses llegaron a las áreas cubiertas por la inundación Voreno dio orden de navegar por el centro del río para no atascarse en los bajíos próximos a las orillas. En la base del delta tomaron el brazo occidental, que llevaba directamente a Alejandría, evitando ceremonias y encuentros con las autoridades. Llegados ante el puerto, embocaron el canal que flanqueaba los muros meridionales de la ciudad hasta que entraron en el puerto occidental llamado *eunostos*, separado del más antiguo por el muelle llamado *eptastadion*. Las naves desfilaron de una en una y muy distantes entre sí. Primero lo hicieron las que llevaban a los legionarios mauritanos y las últimas fueron aquellas que pondrían vela hacia Italia. Antes de la caída de la tarde Voreno dejó la *Gavia* en el astillero para que se la sometiera a una revisión general y subió a un bote que lo llevó al costado de la nave de Flavo con sus pretorianos. Hicieron descender una escala de cuerda a fin de que pudiese subir a bordo, y acto seguido lo acompañaron al alojamiento de Flavo.

—¿Qué hacemos? —preguntó en cuanto hubo entrado.

—¿Se te ocurre algo? —dijo Flavo.

—Hemos fondeado sin llamar la atención. Depende de lo que queramos hacer. Pensaba que mañana cada uno de nosotros seguirá su camino. Si aún crees que debemos hablar, tu alojamiento de popa es perfecto. De lo contrario, podríamos cenar en cualquier parte del barrio del puerto. También así podremos intercambiar algunas palabras.

—Me inclino por la segunda opción —respondió Flavo—. Descendamos en bote con un miembro de mi tripulación. Cuando estemos listos para volver vendrá a buscarnos al muelle y nos llevará a cada uno a su nave. Siento que no hagamos un poco de fiesta para nuestros hombres. Se la merecen.

—Tienes razón, pero la prudencia prima.

Partieron vestidos como pescadores y, una vez en tierra, se dirigieron al barrio de los comerciantes, donde había muchos locales en los que tomar un bocado. Flavo era un buen conocedor del lugar.

Pidieron pescado.

—Se diría que estamos en Elefantina —comentó Voreno—. Pero no hemos comprado obsequios para Nerón y Séneca. Nos hemos olvidado.

—En absoluto —respondió Flavo—. Tengo un colmillo de marfil con la punta dorada, en la cala, y he hecho confeccionar una cajita de ébano.

—Piensas en todo, tribuno. Mañana pasaré por el otro

puerto e iré a recuperar la *Gavia*. Alguien de la tripulación podría tener algo que darme para Séneca.

El posadero les llevó una vasija de cerveza y pescado asado con un poco de pan, pero a la conversación le costaba arrancar. Aunque la expedición hubiera consolidado mucho su amistad, en torno a la pequeña mesa flotaba un aire pesado. Comenzó Flavo, después de servir bebida para los dos.

—Echaremos de menos los días y las noches de esta larga aventura…

—A mí no me lo parece, si hemos de poner en práctica el plan que me describiste. Tendré que moverme para no morirme de aburrimiento… y también para olvidar otros tiempos, lo reconozco.

Flavo comprendió al instante a qué se refería Voreno con aquella frase y evitó la respuesta directa. Se limitó a decir:

—¿Te sientes preparado?

—¿He de ser sincero?

—Sin duda alguna.

—¿Qué debería o deberemos hacer en concreto?

—Yo no tengo responsabilidades personales de vital importancia; solo trato de ver cuáles y cuántos otros compañeros de mi estima y conocimiento estarían dispuestos a materializar nuestra esperanza. Hasta ahora solo muy pocos están al corriente de los detalles de una eventual acción. Actuaremos únicamente en el caso de que tengamos la certeza absoluta de alcanzar el éxito. Hacerlo en condiciones distintas sería de inconscientes.

—Eso me consuela —respondió Voreno—. Mañana vosotros partiréis, si no he entendido mal. Yo dejaré libres a los legionarios mauritanos tras haberlos recompensado por su apoyo. Luego recuperaré la *Gavia* del astillero y su tripulación, y quizá encuentre también a algún geógrafo de la gran biblioteca que pueda intercambiar noticias con nuestros topógrafos y nuestros geógrafos. Es probable que tú llegues a Ostia varios días antes que yo. ¿Qué piensas hacer en tanto yo no eche el ancla en el puerto de Roma?

Flavo sonrió.

—¿Acaso has olvidado quién soy?

—En absoluto. El que me dio la contraseña por primera vez.

—En efecto —respondió Flavo—. Lo que significa que puedes y debes fiarte de mí.

—Me fío de ti por dos motivos —respondió Voreno—. El primero es que eres un amigo y lo has demostrado con creces; el segundo es que nadie que me haya traicionado ha vivido nunca lo bastante para contarlo.

El pescado se había terminado y también la cerveza.

Flavo pagó la cuenta y los dos se encaminaron hacia el muelle donde se encontraron con el marinero. Subieron a bordo del bote, que poco después hizo la primera parada en la nave de Voreno y la segunda en la de Subrio Flavo.

Entrada la noche, Voreno, incapaz de conciliar el sueño aún, caminaba de extremo a extremo de la cubierta, sin perder de vista la nave de Flavo.

De pronto vio moverse unas sombras en la proa y otras en la popa. Luego se acercó otro bote llegado quién sabe de dónde. Se izó a bordo a alguien. Todo aquel movimiento lo alarmó. ¿Qué estaba pasando? ¿Y por qué Flavo no le había hablado de aquel extraño trajín en su nave?

Fue al racel de popa y cogió una hidria, de la que vertió

varias veces agua en un vaso. Estaba sediento. El pescado de la cena estaba tan salado que se le había secado el paladar. Tras volver a la cubierta reparó en que la nave de Flavo se hallaba bastante más alejada de cuando había entrado en el racel. El tribuno se escabullía en mitad de la noche.

Al final de la tarde siguiente la *Gavia* estaba lista en el astillero para hacerse a la mar después de que la hubieran revisado y le hubieran hecho alguna que otra pequeña reparación. Voreno dio orden enseguida a la tripulación de cambiar el rumbo, salir del *eunostos*, luego apuntar hacia el oriente-septentrión para tomar la ruta Creta-cabo Malea-canal de Hydruntum y finalmente virar hacia Italia al occidente. La *Gavia* se las arreglaba muy bien en mar abierto después de tantas travesías fluviales. La nave con el escorpión en la vela, símbolo de los pretorianos, había desaparecido hacía tiempo allende el horizonte, por supuesto.

Voreno había dejado a Asasas, que hablaba griego, a la entrada de la gran biblioteca junto con los topógrafos y los geógrafos para que pidiese audiencia al director y le contase cómo había ido la empresa, prometiéndole que el jefe de la expedición, el centurión Furio Voreno, primipilo de la Trigésima legión, volvería pronto con su asistente Fabro para llevarle una copia de su informe del viaje.

Mientras seguía su ruta, ahora ya en alta mar, Voreno se preguntaba el porqué de aquella persecución, pero no encontraba una razón admisible. Quizá Flavo quería llegar el primero ante el emperador y ponerlo al corriente de lo que había hecho y visto. Quizá le describiría el modo de comportarse del soldado más célebre del Imperio sin antes haber acordado con él los detalles y lo que le diría a Nerón.

El viento de través continuó soplando hasta que la *Gavia* no embocó, ocho días después, el estrecho entre Sicilia e Italia, pero luego amainó. Cuando Voreno atisbó la orilla del Tirreno, las villas y las ciudades pequeñas y grandes, el magnífico golfo de Nápoles y la mole gigantesca del Vesubio, se acordó del primer viaje que había hecho con Varea, su expresión de asombro al ver el magnífico paisaje que nunca habría imaginado siquiera, y se sintió invadido por una profunda tristeza, por una melancolía atormentadora. La sola presencia de Varea durante largo tiempo había dado sentido a su existencia y en aquel entonces nutría la esperanza de que un día sus vidas se unirían.

Pensaba que no estaría en condiciones de reunirse con Flavo y de hablar con él, de comprender lo que sucedería ni qué papel desempañaría en el sueño de su amigo. Ahora ya aparecía a su derecha el cabo Circeo, nombre que evocaba a la hechicera que encantó a Odiseo, el fecundo en ardides. Y de nuevo pensó en Varea, en el día que consultó a la sibila atlántica, una magia, también aquella, que atravesaba los siglos.

Hacia el atardecer se acercó a la costa porque sobre el agua comenzaba a extenderse una niebla sutil, semejante a un humo gris que fluctuaba pegado a la superficie del mar. Desapareció cuando cayó la noche.

De repente, hacia el segundo turno de guardia, Voreno vio relampaguear, altas en el mar unos siete pies, unas señales luminosas que en su momento había aprendido a descifrar: «Ninguna noticia. Mal presagio».

No tuvo duda de que las señales provenían de la nave de Subrio Flavo.

Aun así, el mensaje era de pésimo augurio y suscitó en su mente múltiples interrogantes. «Ninguna noticia» no significaba nada, entonces ¿por qué transmitirlo? La única explicación podía ser que Flavo esperase noticias que, en cambio, no habían llegado. Quizá por eso había demorado su navegación, o bien, incluso, se había detenido para esperar a la *Gavia*. La cita era en Ostia, en la plaza de las Corporaciones.

La noche transcurrió tranquila sin que sucediese nada que llamara la atención. Pero luego Voreno vio que las dos naves se desplazaban a una velocidad apreciable hacia el septentrión. La *Gavia* izó las velas para acercarse más a aquella que tenía el emblema del escorpión y la tripulación efectuó la maniobra, circundando una pequeña península que sobresalía a escasísima distancia de la nave de Flavo. Ahora ya estaba cerca de la otra y se movían en conserva paralelas a la costa. Voreno se volvió hacia el oriente y vio en tierra firme una larga franja bermeja. No podía ser la aurora. En la cubierta de la nave apareció Subrio Flavo, que miraba también la franja roja en el oriente.

—¡Dioses poderosos! —exclamó.

—Pero ¿qué pasa? —dijo Voreno en voz alta dirigiéndose hacia él.

—¡Es Roma! —gritó Flavo—. ¡Roma que arde!

20

La ciudad ardía desde hacía dos días, y lo siguió haciendo durante seis días y seis noches, sin interrupción. Miles y miles de personas vieron destruida su casa y quedaron sin techo, muchas otras perecieron. Los vigiles se emplearon a fondo en apagar el incendio, pero el agua no siempre estaba en el sitio requerido, y tampoco los vigiles. También el ejército se empleó en aliviar las enormes incomodidades derivadas de la catástrofe, y Voreno se unió a aquellos hombres en varias ocasiones.

Dos días después de su regreso Voreno se encontró con Flavo en la plaza de las Corporaciones, en Ostia. Ambos decidieron informar a sus respectivos mandos. Subrio Flavo lo hizo en el cuartel central de la guardia pretoriana, donde dio cuenta también del regreso de los mílites que lo habían acompañado en la expedición y refirió, ya de acuerdo con Voreno, su comportamiento, que describió como impecable, obteniendo para él el permiso de habitar, hasta nueva orden, en la casa situada sobre las colinas no lejos de Túsculo. Voreno dio cuenta al mando de la legión del Campo de Marte y declaró al legado que la intervención del tribuno Subrio Flavo había resultado fundamental en el campo de batalla cuando los romanos estaban destinados a sucumbir por su gran inferioridad numérica respecto a los enemigos. El legado lo escuchó con atención y, cuando hubo terminado, le preguntó si había visto a la muchacha salvaje, la que se había batido en la arena como un gladiador. La respuesta de Voreno fue afirmativa, pero falta de detalles.

Voreno cayó en la cuenta enseguida del motivo del extraño mensaje de Flavo desde su nave: evidentemente ningún servicio de comunicaciones funcionaba con la capital devastada por las llamas. Los trabajos de desescombro de las ruinas comenzaron en cuanto fue posible, pero al mismo tiempo, por orden del emperador, iniciaron también las indagaciones sobre las responsabilidades del incendio.

Una de las hipótesis era que se había propagado por pura casualidad. La mayor parte de las casas estaban hechas de madera y casi siempre se hacían hogueras para cocinar o para calentar el agua. Bastaba una ventolera para que el fuego se propagase y alcanzase tales dimensiones como para no poder ser ya dominado.

Aun así, se difundía ya el rumor de que el emperador había provocado el incendio para luego reconstruir la ciudad de acuerdo con sus proyectos. Por eso Nerón, para desviar de sí aquella opinión peligrosísima, había hecho correr otra versión: lo habían provocado los cristianos, una secta de origen oriental que había tomado el nombre de un tal Cristo, un agitador que durante el imperio de Tiberio había sido procesado y crucificado por Poncio Pilatos, prefecto de Judea, por haberse proclamado Rey de los Judíos. La acusación tuvo fortuna por el desprecio que la mayoría de los romanos sentía por esa gente, pero Subrio Flavio hizo notar a Voreno que no había pruebas y que, de todos modos, junto con los cristianos se había acusado y mandado matar a personas destacadas de fe estoica que Nerón odiaba y despreciaba. En todo caso, no hubo ninguna prueba de la culpabilidad de los cristianos y no pocos fueron liberados. Nerón, sin embargo, hizo matar a cientos después de someterlos a suplicios atroces.

—Es interesante constatar —dijo Flavo— que Nerón ha metido en el mismo saco a cristianos y a aristócratas senatoriales de formación estoica.

—No me vengas con una discusión filosófica —dijo Voreno—. Soy un simple soldado.

—Un poco de filosofía no te vendrá mal —replicó Flavo—. Lo que quería decirte es que estoicos y cristianos comparten el mismo entusiasmo por las virtudes de la templanza, del espíritu de sacrificio, el desprecio por la codicia del dinero, la lujuria y el poder, todas ellas renuncias que Nerón no tiene ningunas ganas de practicar. Lo conozco bien.

—¿Sabes qué? —intervino Voreno—. Estos días me he dado cuenta de que nadie está interesado en lo que hemos llevado a cabo durante nuestra expedición.

»No es que me esperase honores, condecoraciones o elogios, pero sí algo similar a interés y deseo de comprender los misterios de la naturaleza, eso sí.

—Entonces no te queda más remedio que hablar con personas que están preparadas para comprender lo que dices. Puedo concertarte un encuentro con Séneca. ¿Qué te parece?

—¿No será demasiado? ¿Yo, un pobre soldado, reunido con el sabio más grande del mundo?

—Él estará encantado, y tú lo estarás también cuando veas a un hombre de su talla escucharte con atención e interés plenos.

Voreno no se hacía idea de que al cabo de unos días volvería a ver a uno de los hombres más importantes del Imperio romano. Sin embargo, tres días después de su conversación con Flavo se hallaba delante de la puerta de una villa de las afueras de Roma esperando que un sirviente la abriese.

Séneca lo recibió con mucha consideración.

—¿Qué puedo ofrecerte, centurión? No puedo creer que tenga delante de mí al combatiente más reputado del Imperio, el hombre que ha llevado a cabo una de las más grandes empresas de todos los tiempos. Lamentablemente has vuelto en este momento tan aciago para ser testigo de una de las peores catástrofes de la urbe desde los tiempos del incendio gálico.

—Exactamente la noche en que eché el ancla delante del puerto de Ostia, senador Séneca.

—Terrible. Pero te ruego que me relates tu empresa y me hables de tus hombres. ¿El emperador envió a alguien a recibirte?

—Con lo que ha pasado imagino que no habrá tenido un instante para ocuparse de estos asuntos.

—Eres muy generoso —respondió Séneca—. En realidad, Nerón dispone de todas las posibilidades para hacer de todo, también en las situaciones más angustiosas y más comprometidas.

—No esperaba ningún recibimiento. Soy soldado, y no estoy acostumbrado a tales consideraciones. Pero deja que te diga que para mí este encuentro es más importante que cualquier otro honor.

—Te ruego que me cuentes tu viaje. Estoy impaciente por oír tus aventuras.

Voreno le dijo que dentro de no mucho tendría en sus manos el informe escrito, completo.

—Pero te lo contaré ahora a grandes rasgos. —Y comenzó—: Remontamos el Nilo desde Alejandría hasta las fuentes. Combatimos con un ejército de etíopes cien veces más numeroso que nosotros y unos pretorianos al mando de Subrio Flavo. Vimos enormes volcanes cubiertos de nieve y decenas de miles de animales salvajes de aspecto extraordinario. También los humanos, todos etíopes, viven de manera primitiva, contentos de lo que la naturaleza les proporciona y raramente se entregan a la guerra. Pudimos contemplar las montañas de la Luna, de altura vertiginosa y de majestuosa belleza, y las conjunciones de las estrellas del cinturón de Orión sobre Cáncer del que, me han contado, tu sobrino Lucano ha escrito en un poema. Y esa conjunción marca el lugar en el que yace el cuerpo de la madre de toda la humanidad. Madre de todas las madres, dicen… He visto hombres de dos pies y medio de altura y elefantes con colmillos del tamaño de un hombre.

Séneca tenía los ojos muy abiertos mientras escuchaba esas increíbles maravillas. Habría querido escuchar al centurión durante días y noches. Le suplicó que continuase mientras le quedara aliento para hablar. En especial quería saber si en verdad los ríos tenían su origen en inmensos lagos subterráneos y pareció fuera de sí cuando Voreno le contó que el Nilo nacía de un lago inmenso.

«Conversar con Séneca —le había advertido Flavo— será como dialogar con diez emperadores como Nerón. Pero ten cuidado con lo que dices: Séneca no tiene ya el poder de otro tiempo.»

—Con todo, la cosa más maravillosa —continuó Voreno— ha sido viajar con la muchacha salvaje, aquella que se enfrentó en la arena con los mejores gladiadores y consiguió hablar con una fiera. Gracias a ella comprendimos los orígenes de la humanidad entera. La vimos consultar el oráculo de la sibila atlántica. He hablado largamente con ella y la he visto, cual estatua oscura e inmóvil, al alba, mientras aguardaba el gemido del coloso de Memnón, el héroe etíope que condujo a su ejército a combatir en ayuda del rey Príamo de Troya.

Séneca le sirvió una copa de vino ligero de Campania y tomó la palabra.

—Sé que Subrio Flavo te ha hablado de mí y te ha exhortado a la prudencia. Seguramente sabrás que hace dos años Nerón mandó asesinar a Sexto Afranio Burro, prefecto del pretorio, porque no soportaba su tutela. Éramos dos, él y yo, los que desempeñábamos esa función. Ahora me he quedado solo. ¿Comprendes lo que quiero decir, centurión?

—Lo comprendo perfectamente, por desgracia.

—Así pues, presta mucha atención: no menciones nunca mi nombre en público. Podrías pagar con tu vida. A esto nos vemos condenados. Trata de terminar tu informe sobre la expedición africana; es un documento de enorme importancia. Si lo crees conveniente, haz una copia para que no se pierda. Me gustaría mucho tener una, pero sé que es difícil para ti y por lo que debes al emperador.

»Podemos vernos aquí, en mi casa, en algunas ocasiones, y si me lo permites haré que mis sirvientes tomen apuntes de tu relato. Algo he escrito ya al respecto de la información que Flavo me enviaba.

—Lo haré —respondió Voreno—, y será un honor para mí.

Voreno había comprendido cuál era la situación, pero no quería afrontar el problema directamente y por propia iniciativa. Esperaría el momento en que Flavo le hablara sin reservas. Sin embargo, durante varios meses las exigencias de la reconstrucción de la ciudad ocuparon todo el tiempo tanto del emperador como de las más altas autoridades del ejército, de los pretorianos y del Senado.

Entre tanto las habladurías de que había sido Nerón quien había prendido fuego a Roma se expandían cada vez más, y en el ámbito político tenía fuertes repercusiones. Subrio Flavo fue a ver a Voreno a su casa cercana a Túsculo.

Avisado por los sirvientes de que tenía una visita, el centurión recibió al huésped a la puerta de entrada.

—Salgamos a caballo, Voreno —le dijo Flavo después de saludarlo y abrazarlo.

Evidentemente sería una conversación muy reservada.

—¿Noticias? —dijo Voreno para empezar.

—Importantes —respondió Flavo—. Para ti, sobre todo. Debo decirte algo que mereces saber. ¿Recuerdas mis palabras al respecto de mi esperanza? Había algo de cierto cuando te confié que buscaba hombres honestos, valerosos y muy íntegros del entorno del emperador que mantuvieran alejados de él a los malvados, los aduladores, los sanguinarios y los aprovechados; pero la mía era una media verdad. También encerraba una intención más dura, más… violenta.

—Lo comprendí. Se trataba de matarlo.

—Sí. Era la única solución. Pero también me di cuenta de que esa era tu duda. Eres un soldado y el *imperator* es el jefe supremo de todas las fuerzas armadas a las que has jurado fidelidad. Desde siempre, estás habituado a empuñar el gladio para golpear a los enemigos del Senado y del pueblo romano. No estabas en Filipos ni en Farsalia. El Senado se negaba a conceder ovaciones y triunfos a quien había luchado contra otros romanos. Y Nerón es el nieto de Germánico, el vengador de Teutoburgo.

—Entiendo —replicó Voreno—. Los pretorianos son los defensores de la persona del emperador, a costa de su vida.

—Yo mismo he sido siempre fiel a esa consigna, y espero aún que pueda encontrarse una vía de salida sin sangre.

—¿Qué te hace pensar que exista esa vía de salida?

—La catástrofe es tal —respondió Flavo— y los rumores acerca de la culpabilidad de Nerón se han difundido tanto y están tan extendidos entre el pueblo que el titano caerá sin necesidad de que sea necesario organizar una conjura para derrocarlo.

—¿De verdad crees que las habladurías sin pruebas pueden hacer caer al emperador de los romanos?

—Hay otra cosa: los conjurados, o quienes querrían serlo, son demasiado y están lejos aún de la conclusión de su acción, y tampoco ellos tienen confianza en sí mismos y buscan motivos y pretextos para echarse atrás. Por tanto, opino que la acción no se materializará.

Voreno negó con la cabeza.

—Flavo, necesito saber toda la verdad, como has dicho… ¿Tú estás involucrado?

—Sí —dijo Flavo sin vacilación.

—Eso significa que también yo tendré que empuñar un arma.

—¿Por qué?

—Porque eres amigo mío y acudiste en mi ayuda en el corazón de África, arriesgando también tu vida y la de tus hombres. Siempre te he apreciado y ahora más. ¿Cuántos sois?

—Unos cuarenta. Pero, como te he dicho, no creo que quieran arriesgar la vida inútilmente.

—¿Qué tipo de hombres son?

—Un consular, un cónsul designado, y además senadores, équites… De Séneca no sabría decirte, pero podría estar involucrado. Su sobrino Lucano seguro que lo está…

—Un poeta… —comentó, escéptico, Voreno.

Pero Flavo no pareció oírlo, dado que prosiguió.

—Un grupo de oficiales pretorianos; entre ellos, centuriones y tribunos, y puede que incluso un prefecto también.

—Aléjate de esas compañías —lo interrumpió Voreno—. Me disgustaría ver a un amigo morir por nada.

—No moriría por nada. Moriría por salvar la dignidad de la patria, el respeto del Senado y del pueblo… Ese hombre al que en otro tiempo consideré un amigo es un monstruo. También yo me cuento entre quienes creen que Nerón ha prendido fuego a Roma. De todos modos, no te preocupes, Nerón caerá sin que se derrame su sangre. Hemos designado ya a su sucesor. Y será entonces cuando tendremos necesidad de ti, no antes.

—Ahí estaré, amigo mío —respondió Voreno—. Ahí estaré.

Pasaron varios meses, pero lo que todos esperaban no se produjo. Nerón se hizo cargo de su desmesurada villa urbana, que llamaban por el momento *Domus Transitoria*, mientras la urbe estaba atestada todavía de escombros. Así la conjura no se disolvió, y pareció consolidarse. Uno de los dos prefectos del pretorio, Fenio Rufo, siempre en lucha con el colega Ofonio Tigelino, amigo de Nerón y su compañero de toda vergonzosa práctica lujuriosa, pareció adherirse a la conjura a la que se habían unido ya ilustres senadores y équites como Vestino Ático, Flavio Escevino, Plaucio Laterano y, por encima de cualquier otro, el más carismático y admirado de todos por su aspecto fascinante y su físico poderoso y escultórico: Calpurnio Pisón. No era un tipo de virtudes intachables, pero daba muestra de practicarlas. Se concedía con largueza placeres de todo tipo porque pocas mujeres eran capaces de resistírsele, pero también sabía cómo fascinar al pueblo, que amaba más a quien era afable y simpático que a quienes ostentaban severidad e intransigencia. Gran orador, era un encantador de multitudes, a menudo asumía la defensa de ciudadanos injustamente perseguidos y era generoso con los amigos.

Ahora ya no pocos se preguntaban cómo era que la conjura no se había descubierto aún. Nerón, en cualquier caso, sentía la presencia y se mantenía encerrado casi siempre en la residencia imperial. El plan estaba listo desde hacía tiempo y se había llegado a la víspera del terrible acontecimiento: cuando el emperador apareciera en público, Laterano se arrojaría a sus pies para pedirle ayuda porque vivía con estrecheces. En ese momento se acercaría a Nerón para apuñalarlo. Entre tanto Calpurnio Pisón esperaría la noticia del asesinato de Nerón y la llegada de Fenio Rufo a las puertas del templo de Ceres. Sería Rufo, en efecto, el encargado de llevarlo al cuartel de los pretorianos para presentarlo a las cohortes como nuevo emperador.

Pero un día un tal Milico, liberto de Escevino, hizo su primera delación, contando que su amo le había dado su puñal para que lo afilara con el fin de usarlo contra el emperador. Milico se lo refirió a Epafrodito, liberto de

Nerón, quien informó oportunamente al emperador. Fueron convocados, siempre por delación de Milico, dos conjurados: Antonio Natale y Flavio Escevino, que en un primer momento se defendieron bien, pero luego, al darse cuenta de que la conjura se había descubierto ya, decidieron confesar todo. Mientras tanto Milico había acusado también al propio Pisón, cabecilla de la conjura, y además a Anneo Séneca, que quizá no era un conjurado, pero Milico quería ganarse el favor de Nerón, que odiaba al filósofo.

Siguió una interminable serie de procesos durante los cuales muchos personajes ilustres hicieron todo lo posible para salvar la vida, sin vergüenza ni dignidad. Séneca dejó en herencia todos sus bienes a Nerón, acaso esperando escapar a la acusación de formar parte de la conjura. A pesar de todo, no obtuvo lo que deseaba: el emperador le envió la orden de quitarse la vida. Su esposa, Pompeya Paulina, trató de seguirlo al más allá y también ella se cortó las venas, pero Nerón, tras saber lo sucedido, mandó a sus hombres para ordenar a los esclavos y los libertos de la casa del filósofo que le detuvieran la hemorragia. La muerte de una inocente lo habría vuelto todavía más odioso para el pueblo de lo que ya lo era. Así pues, Paulina sobrevivió.

El sobrino de ella, Lucano, para salvarse denunció a su propia madre, Acilia, poniéndose así al mismo nivel que Nerón, quien había hecho matar a su madre, Agripina, por un alto oficial de la escuadra naval de Miseno. Acilia no fue ni absuelta ni condenada, sino solo declarada no creíble. Lucano, mientras la sangre fluía de sus venas abiertas, se acordó de los versos de un poema suyo en el que un soldado herido y moribundo pronunciaba unas palabras, y él mismo las recitó al borde de la muerte.

Solo la liberta llamada Epicaris, ya sometida a interrogatorio por Nerón y posteriormente encarcelada, se había negado a revelar los nombres de los conjurados, soportando durante un día entero las torturas más terribles. Epicaris comprendió que no podría resistir otro día de tormento y se colgó con la tira que le sostenía el busto.

Voreno, en aquella tesitura, había salido a menudo vestido con la armadura reglamentaria de centurión por las calles atestadas de la ciudad y por los lugares de las condenas y los suplicios, y se había detenido varias veces a hablar con hombres que conocía o que habían militado con él. Buscaba a Subrio Flavo, al que no veía desde hacía tiempo. Estaba muy preocupado. Averiguó que Flavo estaba encadenado en el cuartel de los pretorianos.

—¿Por qué motivo? —preguntó a un veterano de la Trigésima.

—Es siempre por ese maldito asunto de la conjura.

—¿Y de lo otro qué sabes?

—Casi nada —respondió el veterano—. Pero temo que tenga pocas esperanzas de salir con bien.

Voreno acampó en las cercanías del pretorio, e hizo que le llevaran algunos alimentos a la hora de las comidas y dinero, que podría serle de utilidad.

Se quedó allí durante cinco días, protegiéndose por la noche en una pequeña construcción en parte dañada por los incendios. El sexto día Subrio Flavo recibió el aviso de su condena a muerte. Fabro, que tenía amigos en el pretorio, vio a Voreno y se le acercó.

—Se ha defendido hasta el final, luego ha decidido hablar. —Extrajo del cinturón una pequeña bolsa que contenía una hoja con un texto escrito y se la entregó a Voreno—. Si alguien se entera de que te lo he dicho, soy hombre muerto. Léelo.

—«Nerón le ha preguntado qué lo impulsaba a renegar de su juramento —leyó Voreno—, y Subrio ha respondido: "Te odiaba. Pero mientras mereciste que sintiera afecto por ti ningún soldado te fue más fiel que yo. Pasé del afecto al odio después de que te convirtieras en el asesino de tu madre y de tu mujer, y luego auriga, histrión e incendiario".»

—Ten la seguridad —dijo Fabro a Voreno— de que cada una de esas palabras ha sido para Nerón una puñalada. Pero ahora debemos asistir a su final.

—¿Cuándo? —preguntó Voreno.

—Hoy —respondió Fabro—. Antes de la puesta del sol. Velanio Nigro está al frente de la patrulla para la ejecución.

—Te doy las gracias. Si no hay inconveniente, iré contigo.

—Ningún inconveniente.

Salió una centuria, Subrio Flavo saludó a Voreno y cuando pasó por su lado intercambió con él unas pocas palabras. De camino se acercó a ellos un mozalbete de unos diez años que se puso a seguirlos.

—¿Cómo te llamas? —preguntó Fabro.

—Publio Cornelio —respondió el niño.

—¿Cuántos años tienes?

—Diez.

Llegaron al lugar de la ejecución y se abrió la fosa, que a juicio de Flavo no era lo bastante profunda ni lo bastante ancha de acuerdo con lo que era reglamentario.

El verdugo se acercó al condenado, y Voreno, en virtud de su grado y sus condecoraciones, dio el «presenten armas». Todos los legionarios y los pretorianos hicieron el saludo.

—Adiós, amigo —dijo Subrio Flavo.

—Adiós para siempre —respondió Voreno. Luego se dirigió al niño—: Vete de aquí, Publio Cornelio. Lo que verías te provocaría pesadillas el resto de tu vida.

El niño se fue. Y también Voreno lo hizo, seguido por Fabro. Cuando estuvieron lo suficientemente lejos del lugar de la ejecución para no oír el seco ruido del hacha sobre el tajo, Fabro dio a Voreno la bolsa que Flavo le había entregado.

—Mira, cuando puedas, el contenido de esta bolsa. Es su último recuerdo para ti.

Voreno se dirigió hacia las colinas tusculanas, se detuvo a la sombra de una gran encina y abrió otro mensaje dejado para él en la bolsa de Subrio Flavo. Decía:

Subrio Flavo a Furio Voreno. ¡Salve!

El día de las nonas de septiembre venderán a Varea en subasta pública en la plaza de Meroe. No sé cómo ni por qué ha llegado hasta allí, cuánto ha sufrido ni cuánto le ha costado su loca carrera a través de la tierra sin fin que conocimos juntos cuando fuimos en busca de las fuentes del gran río, pero estoy seguro de que ha violado sus juramentos y el oráculo atlántico por ti. Arráncala de las manos de los mercaderes de esclavos y llévala a donde nadie pueda encontrarte nunca. Lo merece ella y lo merece el amor que le ha abrasado el alma. La llave sirve para abrir el cofre de la expedición, que sabes dónde está. Espero que te baste el tiempo, el dinero y esa espada tuya que no ha conocido nunca derrota.

Nota del autor

Estamos acostumbrados a considerar el mundo grecorromano antiguo como ambientado en el área mediterránea y europea, y sin embargo Nerón financió e hizo organizar entre el año 62 y el 65 d.C. una expedición compuesta por dos centuriones, un grupo de legionarios y, quizá, un grupo de pretorianos para localizar las aún desconocidas fuentes del Nilo, en aquel tiempo el río más largo del mundo.

Los exploradores atravesaron Egipto, Nubia —por entonces comprendía el sur del actual Egipto y el norte de la actual República del Sudán—, parte de la actual República de Sudán del Sur y el África central. Al final vieron una cascada espectacular donde un gran caudal de agua pasaba borboteante a través de dos rocas. Algunos estudiosos han identificado esa grandiosa manifestación natural como las cataratas Murchison que se precipitan desde el lago Victoria. Pero ¿cuál es el origen de esta historia? La fuente primigenia es casi sin duda el informe que los dos centuriones escribieron a su regreso, en el que narraban para el emperador la extraordinaria aventura, tal vez basada en un diario. Ese relato lo leyó Séneca, y los protagonistas de la memorable expedición lo oyeron de viva voz. El gran filósofo, en efecto, reproduce en sus *Naturales Quaestiones* un pequeño fragmento de esa conversación dedicado a las manifestaciones de la naturaleza:

> He oído decir a dos centuriones a quienes el emperador Nerón envió a buscar las fuentes del Nilo: «Quisimos penetrar más y llegamos a inmensas ciénagas».

No es de extrañar que una expedición que hoy denominaríamos científica la llevaran a cabo militares, centuriones en concreto. Estos suboficiales, por su experiencia, su resistencia a la fatiga y su coraje, eran los más indicados para realizar empresas de ese tipo.

También Plinio cuenta, si bien más sucintamente, la aventura de los soldados romanos en el África ecuatorial, pero por desgracia los documentos originales —probablemente, como ya he referido, unos diarios— se han perdido.

Su valor, si se encontrasen, sería inestimable. En nuestra época, que asiste a la destrucción del medioambiente, la quema de las selvas pluviales, la devastación de la fauna de los mares y los océanos, la contaminación de la atmósfera y el calentamiento del planeta, la posibilidad de conocer la descripción de un continente incontaminado sería el espejo de nuestra ignorancia criminal.

En esta historia me he basado en las páginas de Séneca y de Plinio, que son en cualquier caso parcas y escasas, y allí donde carecía del apoyo de los testimonios he entrelazado una historia fantástica de mi propia cosecha, que me ha servido, sin embargo, para imaginar y ambientar un mundo aún intacto, como recién surgido de las manos de Dios.

Esos hombres arriesgados y valientes como pocos, que quizá se vieron implicados en acontecimientos dramáticos como el incendio de Roma y la conjura de Pisón, a buen seguro nos describirían lo que hemos perdido para siempre.

VALERIO MASSIMO MANFREDI,
Castelfranco Emilia,
9 de octubre de 2019

Descubre tu próxima lectura

Si quieres formar parte de nuestra comunidad,
regístrate en **www.megustaleer.club**
y recibirás recomendaciones personalizadas

Penguin
Random House
Grupo Editorial

 megustaleer